LE SCANDALE REDDINGTON

RENEE ROSE

Traduction par
AGATHE M

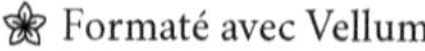 Formaté avec Vellum

LIVRE GRATUIT DE RENEE ROSE

Abonnez-vous à la newsletter de Renee

Abonnez-vous à la newsletter de Renee pour recevoir livre gratuit, des scènes bonus gratuites et pour être averti·e de ses nouvelles parutions !

https://BookHip.com/QQAPBW

LE SCANDALE REDDINGTON

Quand le beau-frère de Phoebe surprend Lord Fenton, un débauché notoire, chez lui tard le soir, à demi dévêtu et sur le point de s'enfuir, il entre dans une rage folle. Désirant à tout prix éviter un bain de sang, Phoebe prétend être la maîtresse de Fenton, l'obligeant ainsi à l'épouser pour lui épargner un scandale.

Consciente qu'un coureur de jupons tel que Teddy Fenton ne pourra jamais lui être fidèle, Phoebe a l'intention de résister à ses charmes plutôt que de tomber amoureuse. Son bel et élégant époux respecte sa décision de ne pas consommer leur union, mais son côté dominateur se manifeste de bien d'autres façons.

Note de l'Éditeur : *Le Trilogie Westerfield* comporte des fessées et des scènes de sexe. Si de tels contenus vous offensent, veuillez ne pas acheter ce livre.

CHAPITRE UN

Londres, 1835

Pelotonnée dans son lit, Phoebe lisait à la lueur d'une lampe. Il lui fallut un moment pour remarquer les bruits qui émanaient de la chambre voisine, celle de sa sœur.

Qu'est-ce... ? Serait-il possible... ?

L'on aurait dit que de la chair frappait de la chair. Elle entendit les gloussements de protestation de sa sœur et réalisa dans un sursaut que son amant devait être en train de la fesser. Cela faisait plusieurs nuits que Maud accueillait dans sa chambre Lord Fenton, débauché notoire, tandis que Lord Reddington, son odieux époux, était en déplacement. Et à en juger par les sons qu'ils produisaient, Lord Fenton avait présentement l'ascendant sur elle.

— Allez au coin jusqu'à ce que vous appreniez à ne plus être aussi égoïste, l'entendit-elle ordonner.

Elle rit presque dans sa barbe, car en effet, sa sœur était

incroyablement nombriliste. Le constat de Fenton le faisait monter dans son estime. C'était une belle prise pour Maud, même si compte tenu de la réputation de Fenton, elle ne le garderait pas longtemps. C'était le trophée que toutes les jeunes dames célibataires tentaient en vain de remporter, car il avait tout pour plaire : il était beau, avec un charme un peu juvénile, riche, titré et célibataire. Mais il ne faisait jamais la cour aux prétendantes au mariage ; il semblait leur préférer les dames déjà mariées ou veuves.

Phoebe ne l'aurait jamais avoué à qui que ce soit, mais même elle en pinçait pour lui. Sauf que dans son cas, ce n'était ni l'argent, ni le charme, ni le titre de noblesse de Lord Fenton qui l'attiraient, mais plutôt une conversation qu'elle avait surprise entre lui et sa sœur quelques années plus tôt. Maud et Reddington avaient donné un bal de Noël et elle avait aperçu un beau jeune homme et une belle jeune fille dans le couloir. Au début, elle les avait pris pour un couple cherchant quelques instants d'intimité, et elle s'était retirée pour les laisser. Puis elle avait réalisé que la jeune fille pleurait.

— Ce n'est rien. Mais personne ne m'invite jamais à danser, et...

— Sèche tes larmes, Wynnie. Tiens, avait-il dit en lui tendant un mouchoir. C'est uniquement parce que tu ne bats pas des cils en racontant des inepties et que tu ne participes pas à leurs jeux susceptibles de causer des scandales. Honnêtement, je suis fier de toi. Si tu te comportais avec la même frivolité que ces jeunes dames, je te donnerais une fessée.

— Oh, Teddy, avait-elle répondu sans prêter attention à sa menace. Que sais-tu de la séduction ? Tu n'es jamais sérieux dans tes intentions.

— Viens là, dit-il en l'enlaçant. Je sais que tu es belle et intelligente, et que quand l'homme qu'il te faut te rencontrera, il verra que tu es un vrai joyau. Allez, retournons-y. Je danserai avec toi, moi.

— Danser avec mon frère ne risque pas d'améliorer mes perspectives ! s'exclama la jeune fille.

Elle riait, toutefois, et il était évident que son frère lui avait remonté le moral. Il glissa un bras autour de ses épaules pour la mener au bout du couloir.

— Dans ce cas, je t'enverrai un gentilhomme.

— Non, je t'en prie. Je ne veux pas de ta pitié.

Phoebe était sortie de sa cachette et les avait salués avant qu'ils réalisent qu'elle avait suivi leur échange.

— Qui est-ce ? avait-elle demandé à Maud une fois dans la salle de bal.

— Lord Fenton. Ne t'approche pas de lui, Phoebe. Il s'intéresse seulement aux femmes s'il est susceptible de les mettre dans son lit au plus vite.

— Non... ce gentilhomme, là-bas ? avait-elle insisté, convaincue que sa sœur faisait erreur.

— Oui, cet homme superbe est Lord Fenton.

Sa sœur s'était éclipsée, et Phoebe était restée bouche bée, incapable de faire le lien entre la tendre compassion à laquelle elle venait d'assister et le comportement scandaleux décrit par sa sœur. Jamais un membre de sa famille ne l'avait traitée aussi chaleureusement que Lord Fenton l'avait fait avec Wynnie. Durant les deux années qui suivirent, elle était restée fascinée et avait continué de se demander quel genre d'homme il pouvait bien être, et sa conquête récente par Maud la rendait plus jalouse qu'elle aurait voulu l'admettre.

Le son d'une calèche devant leur demeure londonienne n'attira pas particulièrement son attention, car ils vivaient dans une rue animée, mais lorsqu'elle entendit la porte d'entrée s'ouvrir, elle s'assit brusquement dans son lit.

— Maud ! siffla-t-elle en direction de la chambre voisine.

Mais sa sœur avait visiblement entendu la même chose

qu'elle, car les voix se turent et un bruit sourd retentit, comme si quelqu'un avait bondi hors du lit. Pourquoi Reddington rentrait-il à cette heure-ci, lui qui devait rester absent deux nuits de plus ? Elle quitta son propre lit avec précipitation et enfila sa robe de chambre avant de sortir sur le seuil pour faire diversion, si nécessaire. En vouloir à Maud d'avoir choisi un tel amant était une chose, mais elle ne la laisserait pas subir les foudres de son mari.

Lord Fenton se glissa hors de la chambre de sa sœur, son foulard dénoué et sa veste et son gilet sortis de son pantalon. Il se déplaçait avec calme et efficacité, renouant son foulard tout en balayant les alentours des yeux à la recherche d'une issue. Maud se glissa derrière lui en ajustant sa robe de chambre.

— Par là, chuchota-t-elle en indiquant l'escalier de service, mais il était trop tard.

— Que se passe-t-il ? tonna Reddington en montant les marches quatre à quatre.

Il avait un pistolet à la main, comme s'il s'attendait à trouver son épouse en compagnie d'un amant.

— Fenton, grogna-t-il. J'aurais dû me douter que c'était vous qui vous serviez dans mon lit !

Phoebe eut un étourdissement. Reddington allait tuer Fenton, et Dieu seul savait quel sort il réserverait à Maud.

Réfléchissant en toute hâte, elle s'agrippa au bras de Fenton d'un geste possessif.

— Personne ne se sert dans votre lit, Monsieur. Il était avec moi !

Les yeux exorbités, Reddington sembla se mettre encore plus en colère, si cela était possible. Elle savait qu'il la voyait comme l'une de ses possessions, au même titre que sa sœur. D'ailleurs, dès qu'ils se retrouvaient seuls, il tentait d'abuser d'elle.

— Vous ? demanda-t-il, incrédule. Non. Pas vous.

— Si, murmura-t-elle.

Elle tremblait tant que ses cuisses s'entrechoquaient. Fenton dut s'en apercevoir, car il glissa un bras autour de sa taille et la serra contre lui. Sentir le geste protecteur d'un homme était inédit et très satisfaisant.

S'il s'était abstenu, la gifle de Reddington l'aurait sûrement projetée au sol. Des taches noires envahirent son champ de vision tandis que la douleur explosait sur la partie gauche de son visage. Un bras puissant l'empêchait de tomber. Quand elle recouvra la vue, elle vit les deux hommes se rouler par terre. Fenton semblait avoir l'avantage, en dépit du pistolet de Reddington. Il abattit le poignet de ce dernier sur le sol afin de faire voltiger l'arme, puis s'assit sur lui et abattit le poing sur son visage.

Vengée par l'agression de Fenton sur Reddington, elle songea à ce qu'impliquerait le fait d'avoir prétendu qu'il était son amant. Reddington la jetterait sans doute dehors, et sa réputation serait fichue. Si Fenton ne veillait pas sur elle – et elle doutait qu'un débauché tel que lui ait ce genre de scrupules –, sa vie serait anéantie. Elle ramassa le pistolet et le pointa sur les deux hommes.

— Ça suffit !

Ils ne l'écoutèrent pas. Elle bondit en avant et agita le canon de l'arme entre leurs têtes pour qu'ils la voient.

— Arrêtez, sinon je vous tire dessus !

Ses mains tremblaient si violemment qu'elle craignait d'appuyer sur la gâchette par mégarde. Fenton se redressa lentement, les mains en l'air.

— Doucement, ma belle, dit-il d'une voix apaisante. Donnez-moi ce pistolet.

Comme elle ne bougeait pas, il saisit le canon de l'arme et la tira doucement à lui. Elle résista, au début, puis le laissa ôter le pistolet de sa paume moite, surprise lorsqu'il l'enlaça de nouveau.

— J'exige d'être dédommagé, souffla Reddington.

Il s'était levé à son tour, le visage rougeaud et les yeux exorbités.

— Il va m'épouser, se surprit-elle à déclarer, la voix tremblante et comme distante.

C'était sa seule chance. Elle ne lui demanderait rien, mis à part son nom, mais sans cette union, elle serait perdue. Elle osa jeter un regard dans la direction de Fenton, qui devait être horrifié à l'idée d'épouser une femme qu'il ne connaissait même pas.

Il soutint son regard. Il n'y avait ni peur ni colère dans ses yeux. D'ailleurs, elle n'y lisait que de la compassion, ce qui lui rappela la scène entre sa sœur et lui, au bal.

— Oui. En effet. J'ai l'intention de l'épouser, affirma-t-il, suivant son exemple.

Elle déglutit, incapable de se détourner des yeux bruns et chaleureux plantés dans les siens.

— Je compte publier les bans demain.

Phoebe surprit l'expression scandalisée de sa sœur, et elle réalisa que le titre de Lady Fenton était convoité par toutes les jeunes femmes de Londres, qu'elles soient célibataires, mariées ou veuves, aussi bien pour la richesse que pour l'homme qui allaient de pair avec cette union, même si lorsqu'elle lui avait forcé la main, elle n'y avait pas songé. Elle voyait Maud bouillir de jalousie, et de façon perverse, cela lui fit plaisir. Pour une fois dans sa vie, elle aurait quelque chose que Maud ne possédait pas. Mais plus que cela, plus que tout, elle désirait quitter la demeure de Reddington à jamais. Une union avec Lord Fenton ne pouvait pas être pire que ce qu'elle subissait ici.

— J'en doute fortement, rétorqua Reddington d'un ton moqueur.

— Oh, vraiment ?

Avec un sourire canaille, Fenton surprit Phoebe en l'embrassant à pleine bouche, l'enlaçant de telle manière qu'elle se retrouva cambrée contre lui. Comme il s'agissait de son premier baiser, elle se figea, puis se souvint qu'elle devait se montrer convaincante et passa un bras derrière sa nuque.

Les lèvres de Fenton étaient étonnamment souples, et elles s'ouvrirent, changèrent de position, et l'embrassèrent sous un autre angle. Son baiser était assuré, raffiné. C'était un homme qui avait dû embrasser un millier de femmes, mais en cet instant, elle s'imagina qu'il ne voyait qu'elle. Elle huma son odeur, un mélange de savon épicé et de laine, avec une pointe du parfum de Maud.

— Ça suffit ! tonitrua Reddington.

Fenton se recula avec un sourire satisfait, soulignant ce que Phoebe savait déjà : ce baiser était pour Reddington, pas pour elle. Mais il continuait de la serrer avec possessivité contre lui, le muscle ferme de sa cuisse contre son ventre, et sa protection lui donnait de la force.

Fenton leva le pistolet d'un geste gracieux et le pointa sans trembler en direction de la tête de Reddington, obligeant l'homme à se figer.

— Si vous touchez à un seul de ses cheveux pendant qu'elle sera sous votre toit, je vous tuerai.

Elle faillit défaillir. Reddington eut un rictus, mais ne répondit pas.

— Je peux vous l'assurer, ajouta Fenton.

* * *

En partant, Teddy emporta le pistolet de Reddington, non parce qu'il estimait avoir des droits dessus, mais parce qu'il se méfiait de cet homme. Reddington était fou de rage lorsqu'il avait frappé la petite sœur de Maud, et il n'avait pas envie de lui laisser une arme. D'ailleurs, il envisageait même de soudoyer un magistrat afin que l'union ait lieu sans avoir à publier les bans.

Cette jeune femme avait fait preuve d'un courage remarquable en endossant les agissements de sa sœur. Elle lui avait sauvé la vie, et peut-être même celle de sa sœur. Il avait beau n'avoir jamais désiré se marier – il avait assisté à l'union sinistre entre ses parents –, il réalisait qu'il lui était nécessaire d'offrir sa main à sa petite sauveuse. Il n'avait pas l'intention de détruire la réputation d'une jeune femme innocente.

Une fois de retour chez lui, son valet l'aida à se dévêtir et il se mit au lit, où il songea à sa jeune fiancée. Il ne connaissait même pas son nom. Elle était ravissante, encore plus que sa sœur. Elle avait les mêmes cheveux blonds ondulés, qui cascadaient sur ses épaules comme un manteau de soie pâle. Ses yeux étaient écartés et d'une nuance de bleu différente de celle de Maud : couleur de bleuet et cerclés de violet. Il y avait lu de l'intelligence, mais pas la ruse de sa grande sœur ; quelque chose d'innocent, d'ingénu. Elle avait éveillé le protecteur qui sommeillait en lui, un rôle qu'il jouait rarement auprès des femmes.

À son réveil, il fit envoyer un message au magistrat et alla prendre son petit-déjeuner avec Wynn, sa petite sœur.

— Bonjour, dit-elle d'un ton joyeux.

Elle ne fit pas de commentaire sur son retour tardif de la veille, car elle connaissait bien ses habitudes.

— Eh bien, je suis heureux de t'informer que tu auras bientôt une belle-sœur avec qui acheter des robes.

— Comment ? s'exclama Wynn, rayonnante. Qui ? Attends...

Son air ravi céda la place à la confusion tandis qu'elle réalisait probablement qu'il ne faisait la cour à personne, sauf si l'on comptait les dames mariées qu'il fréquentait.

— Que se passe-t-il ?

— J'ai fait quelque chose de terrible, Wynnie, admit-il, bien qu'il gardât un ton enjoué.

Elle prit une expression sérieuse.

— Est-elle enceinte ? Mariée ? Qui est-ce ?

— C'est encore pire.

Il observa le visage anxieux de sa sœur, réalisant combien il devrait se reposer sur elle pour mettre son épouse à l'aise. Leurs rôles s'inverseraient. Lui qui avait six ans de plus qu'elle, il lui servait de tuteur et de chaperon lors de ses saisons à Londres. Mais le mariage... le mariage n'était pas une chose qu'il saurait gérer seul. Il fut soudain soulagé qu'elle loge avec lui. Elle pourrait arrondir les angles une fois que cette jeune femme qu'il ne connaissait même pas s'installerait avec eux.

— Je ne l'avais jamais fréquentée. Pour être honnête, je ne sais même pas comment elle s'appelle.

Wynn reposa sa fourchette, les yeux ronds.

— Tu plaisantes ? Que s'est-il passé, Teddy ? Dis-le-moi, avant que je devienne folle !

— Te souviens-tu que je fréquentais Lady Reddington ?

Lorsqu'elle hocha la tête, il poursuivit :

— Eh bien, cette nuit, il y a eu un terrible incident. Lord Reddington m'a surpris chez eux.

— Teddy, non !

— Si. Il a brandi un pistolet et semblait prêt à m'abattre sans avertissement.

— Oh, Teddy ! s'exclama-t-elle d'un ton réprobateur.

— Mais il se trouve que la sœur cadette de Lady Reddington se trouvait également sur le seuil où il nous avait surpris, également vêtue d'une chemise de nuit et d'une robe de chambre. Elle nous a sauvé tous les deux en jurant que j'étais avec elle.

— Je vois. Tu es donc contraint de l'épouser, dit Wynn avec douceur, le visage pâle et sérieux.

— En effet.

— Miss Fletcher. Elle s'appelle Phoebe Fletcher. Je l'ai rencontrée, une fois. Elle a fait son entrée dans le monde, mais elle assiste rarement aux bals. Je crois que Lady Reddington est peu désireuse d'être éclipsée.

— Phoebe, répéta-t-il, savourant la façon dont son prénom roulait sur sa langue ; cela lui allait bien. Oui, sa beauté surpasse nettement celle de sa sœur, n'est-ce pas ?

Wynn plissa les yeux.

— Peut-être finiras-tu par l'aimer ? demanda-t-elle, dubitative.

Elle savait qu'il avait hérité du côté coureur de jupons de leur père, incapable de se satisfaire d'une seule femme plus de quelques mois. C'était pour cela qu'il ne s'était jamais marié. Il se pensait incapable de rester fidèle, et il ne voulait pas faire subir à une dame les tourments endurés par leur mère.

Une pointe de culpabilité lui serra la poitrine.

— Peut-être finira-t-elle par m'aimer, répliqua-t-il d'un ton léger pour masquer son malaise.

— Elles t'aiment toutes. Le problème n'est pas là, si ?

Il frotta ses favoris.

— Je ferai de mon mieux pour la rendre heureuse.

Wynn hocha la tête et saisit de nouveau sa fourchette, avant de se figer.

— Teddy... ils n'auraient pas mis tout cela en scène, si ? Je veux dire, pour te contraindre à épouser Phoebe ? Ils étaient peut-être tous les trois de mèche. La fortune des Fenton est convoitée par bien des familles.

Il réfléchit, puis secoua la tête en se remémorant l'agression brutale de Reddington et la façon dont la jeune femme avait frémi contre lui.

— Non, c'était bien réel.

Il quitta la table.

— Je vais tenter de la ramener ici dès aujourd'hui.

— Aujourd'hui ? Avant le mariage ? Mais ce n'est pas convenable, voyons !

— Je l'épouserai devant le magistrat, si je le peux.

— Mais Teddy, cela causerait un scandale !

— J'ai toujours couru après les scandales, non ? dit-il avec un sourire ironique.

Lorsque sa sœur se renfrogna, il ajouta :

— Il n'y a pas d'autre solution, Wynn. Un mariage précipité ne fait pas bonne impression, mais au moins il n'y aura pas de grossesse pour alimenter les ragots.

— Très bien, dans ce cas je viens avec toi, déclara-t-elle en levant le menton.

Il lui adressa un sourire plein de gratitude.

— Bien entendu.

Après avoir obtenu l'accord du magistrat, Wynn et lui se rendirent en calèche chez les Reddington. Il s'attendait à moitié à se voir refuser l'entrée par le majordome, mais on les accueillit, et Lady Reddington se joignit à eux, accompagnée de Miss Fletcher. Il fut de nouveau frappé par la beauté de la jeune femme. Elle était exquise, avec son teint sans défauts et ses traits parfaitement formés et proportionnés. Ses yeux semblaient presque violets. Elle fit la révérence, lui octroyant sans le vouloir une vue ensorcelante sur son décolleté. Maud se plaça devant sa sœur et lui tendit la main.

— Lord Fenton, dit-elle d'un ton ravi. Comme vous êtes bon de nous rendre visite.

Il marqua un arrêt avant de saisir sa main, se demandant comment il avait pu supporter cette malapprise. S'il avait cru que les deux sœurs avaient comploté pour l'obliger à épouser la plus jeune, ses doutes se seraient aussitôt envolés. Au lieu d'être reconnaissante envers sa sœur qui avait mis sa vie en péril pour empêcher Reddington de découvrir leur infidélité, Maud était manifestement très jalouse d'elle.

Il lâcha la main de Maud et jeta un regard derrière elle.

— Phoebe, je suis venu vous chercher pour vous emmener devant le magistrat aujourd'hui même, sauf si vous avez changé d'avis.

Phoebe se remit vite de sa surprise.

— Je n'ai pas changé d'avis. Je vais préparer mes bagages.

— Il en est hors de question, intervint Reddington d'un ton sec en apparaissant sur le seuil. Vous n'emporterez rien que vous ayez acquis sous ma tutelle.

Phoebe serra les mâchoires, mais elle lui fit une révérence.

— Comme il vous siéra, Monsieur.

— Ne vous en faites pas, Phoebe. Je vous fournirai tout ce que vous désirerez, dit-il en toisant Reddington, qui plissa les yeux.

— Je vous remercie, Monsieur le Comte. Je reviens vite.

Elle s'inclina et quitta la pièce.

Il lui fallut une demi-heure pour revenir, accompagnée d'une servante munie de plusieurs petits sacs semblant contenir des livres, pour la plupart.

— Je suis prête, dit-elle, le visage pâle et pincé.

Maud mit un point d'honneur à pleurer ouvertement pendant les au revoir, mais il remarqua que Phoebe ne versait pas la moindre larme, bien qu'elle ne semblât pas non plus se réjouir.

Quand ils montèrent dans la calèche, il saisit sa petite main gantée.

— Ce que vous avez fait cette nuit était très valeureux. Il est fort possible que vous m'ayez sauvé la vie.

* * *

Phoebe baissa la tête et sentit une rougeur lui monter dans le cou. Elle ne trouvait pas de réponse appropriée. Fenton plaça un doigt sous son menton et fit tourner sa tête pour examiner le bleu laissé par la gifle de Reddington. L'estomac noué, elle vit Fenton se rembrunir, mais il ne dit rien, détendant plutôt l'atmosphère en plaisantant, un sourire au coin des lèvres :

— Aviez-vous oublié que c'est le chevalier servant qui sauve la demoiselle en détresse, pas l'inverse ? Je suis tout bonnement mortifié.

Elle doutait sérieusement qu'il ait connu la honte ne serait-ce qu'une fois dans sa vie. C'était l'homme le plus assuré et arrogant qu'elle ait jamais rencontré, ce qui hélas ne le rendait que plus séduisant à ses yeux.

Elle prit une grande inspiration afin d'entamer le discours qu'elle avait préparé toute la matinée :

— Monsieur le Comte, merci d'avoir accepté de m'épouser. Comme il s'agit d'une union que ni vous ni moi ne désirions, j'ai une proposition à vous faire.

Il haussa les sourcils, et quand elle tenta d'ôter sa main de la sienne, il la retint.

— Je... euh... Il est de notoriété publique que vous entretenez de fréquentes... euh...

Elle s'interrompit, toute rouge. Ce n'était pas ce qu'elle avait répété. Pourtant, ses mots l'avaient quittée. Fenton tourna sa paume vers le ciel, et d'un air absent, il la massa avec ses pouces, propageant une sorte de chaleur sur sa peau. Miss Fenton était résolument tournée vers la fenêtre de la calèche, comme pour leur laisser leur intimité.

— Vous pouvez vous exprimer librement, Miss Fletcher, dit-il.

— Je sais que vous voyez de nombreuses femmes, lâcha-t-elle, se reprochant d'avoir perdu toutes les bonnes manières acquises lors de ses trois années de cours d'étiquette. Et je n'ai pas l'intention de vous priver de vos... euh, de vos activités. Alors je vous propose un mariage d'apparence. Vous savez, avec des chambres séparées.

Ses joues étaient brûlantes, à présent, mais Fenton se montra imperturbable.

— Si tel est votre désir, je m'y plierai. Vous avez sacrifié votre liberté pour me protéger. Je suis votre obligé, ma colombe.

Sa gratitude la surprit, et elle leva les yeux vers lui.

— Je compte vous offrir la plus belle vie possible.

Elle le dévisagea, doutant qu'il soit sincère. Ces belles paroles devaient faire partie de son charme. Il ne pouvait être honnête, car d'après son expérience, les gens ne pensaient qu'à eux. Elle battit des paupières, ne sachant que répondre, et il porta sa main à ses lèvres. Il baisa ses doigts, provoquant un violent frémissement entre ses cuisses. *Grand Dieu*. Elle se rappela la conversation qu'il avait eue avec sa sœur, au bal, et l'ombre d'un doute la saisit. Était-il possible que Lord Fenton soit moins égocentrique et superficiel que le pensaient la plupart des gens ? Ou son charisme était-il tel que ses mensonges sortaient avec aisance ?

* * *

Après le mariage face au magistrat, il emmena les deux dames au salon de thé, puis dans la rue commerçante pour acheter le trousseau de Phoebe. Ils commencèrent par les gants, les bas et les collants, et il prit une part active aux discussions.

— Tu n'as pas ton mot à dire, Teddy, bien que tu sois un dandy, le gronda Wynn.

— Mais si. C'est moi qui les achète, et c'est mon épouse qui les portera, je crois donc être plus impliqué que toi, ma chère sœur.

Il brandit de magnifiques bas en soie rose.

— Oh ! s'exclama Wynn.

— J'ignorais qu'il existait des bas de couleur, souffla Phoebe avec une admiration qui lui donna envie de lui en acheter cent paires.

Il jeta un regard appréciateur à ses longues jambes et les imagina nues. Elle surprit son regard et devint aussi rose que les bas, ce qui intensifia la chaleur qui montait sous le col de Teddy. Content de la voir s'empourprer, il lui adressa un petit sourire, soutint son regard et admira sa poitrine haute tandis qu'elle essayait de reprendre son souffle. Elle entrouvrit ses lèvres semblables à des boutons de rose, mais aucun son n'en sortit. Il patienta un instant, avant de se laisser amadouer et de détourner le regard, mais pas avant de lui avoir adressé un clin d'œil. Elle rougit de plus belle et battit des cils tout en redressant l'échine et les épaules.

— Nous en prendrons deux paires, indiqua-t-il au vendeur en lui montrant les bas roses. Ainsi que les gants que choisira la dame.

Il continua de tourmenter sa jeune épouse, insistant pour choisir son chapeau et la couleur de sa robe de bal (un violet foncé pour faire ressortir ses yeux) tout en l'examinant sous toutes les coutures. Il avait beau la mettre mal à l'aise, il sentait également que les sommes folles qu'il dépensait pour elle lui donnaient le tournis, lui confirmant que Reddington ne lui avait pas octroyé beaucoup de liberté. Le meilleur moment de l'après-midi fut de voir son visage s'illuminer lorsqu'il les emmena à Lackinton Allen & Cie à Finsbury Square. Il s'agissait d'une gigantesque librairie débordant de tous les livres possibles et imaginables sur plusieurs étages.

— Leurs ouvrages ne sont pas très dispendieux, choisissez-en autant que vous voudrez.

Elle resta bouche bée, presque en extase.

— Autant que je veux ? Et vous les achèterez ? Pour que je les garde ? Je veux dire... il ne s'agit pas d'une bibliothèque ?

Il s'amusa de son enthousiasme.

— Oui, je les achèterai. Mais montrez-les-moi avant, car Wynn et moi possédons déjà une collection importante.

Elle sourit. Il s'agissait du premier véritable sourire qu'il voyait, et cela provoqua une sensation curieuse dans sa poitrine : un frémissement accompagné de chaleur et d'une expansion. Pas seulement à cause de la beauté de son sourire, bien qu'il fût charmant, mais plutôt de la joie qu'il contenait, comme si elle lui donnait à voir une partie de son âme, où elle cachait une passion plus rayonnante que le soleil.

Douce Phoebe.

Et elle était à lui, désormais. Il s'agissait d'une idée stupéfiante, une idée qu'il n'aurait jamais imaginé pouvoir apprécier.

Au début, il avait songé que sa proposition d'avoir une union d'apparence seulement était idéale. Il veillerait à ne pas l'embarrasser en causant trop de ragots avec ses liaisons, et lui ayant explicitement donné sa bénédiction, elle ne pourrait pas être blessée. Leur relation serait agréable et platonique, comme celle qu'il entretenait avec sa sœur, ou son amie d'enfance, Kitty Westerfield. Pourtant, à présent, cette idée lui déplaisait. En dépit de ses efforts, il n'arrivait pas à placer Phoebe dans la même catégorie que Kitty et Wynn. Il voulait l'avoir dans sa chambre, sentir la douceur de sa peau sous ses doigts, la pente de son épaule sous ses lèvres, la courbe de sa taille sous ses mains. Il voulait voir ce sourire rayonnant dans son lit, toutes les nuits.

Ce soir-là, après un souper tardif, il se rendit dans sa chambre avec un soupir. Après avoir ôté son gilet et sa veste, il congédia son valet. Il devait faire face au délicat problème de la consommation du mariage. Qu'ils aient l'intention de faire chambre à part ou non, leur union ne serait pas légale avant qu'ils aient partagé une couche en tant que mari et femme. Et il avait beau trouver son épouse ravissante, il n'avait pas l'intention de la forcer. Rien ne le révoltait davantage.

Il frappa doucement à la porte qui joignait leurs deux chambres, et sans attendre de réponse, il l'ouvrit. L'expression terrifiée sur le visage de Phoebe lorsqu'elle se tourna vers lui le blessa, mais il entra avec nonchalance, comme s'ils étaient parfaitement à l'aise l'un avec l'autre. Elle portait la même chemise de nuit que la veille, mais sans robe de chambre, cette fois-ci, et il distinguait la courbe de ses seins sous l'étoffe fine.

— Approchez, ma petite femme, dit-il en lui tendant le bras.

Comme elle ne bougeait pas, il saisit sa main et l'entraîna doucement vers le lit, où il s'installa avant de l'asseoir sur ses genoux. Il glissa un bras autour de sa taille, l'autre sur ses cuisses. Elle se tenait avec raideur, se tordant les mains avec angoisse. Il y appliqua ses paumes pour les immobiliser. Phoebe sentait bon, une odeur de propre mêlée à une note de rose, et il songea qu'elle était parfaitement à sa place sur ses genoux : ses jambes étaient assez longues pour qu'elle puisse poser les pieds par terre, ses fesses assez larges et moelleuses pour se caler sur sa cuisse.

Elle dit dans un souffle :

— Comptiez-vous... exercer vos droits conjugaux ?

Elle battit rapidement des paupières et sembla retenir son souffle. Sa voix ne contenait pas la note aiguë de la jeunesse ; elle était grave et un peu rauque, mais aussi douce et expérimentée.

— Eh bien, c'est pour cela que je suis venu. Mais je n'ai pas l'intention de vous y obliger.

Elle se remit à respirer, faisant frémir sa poitrine en courts intervalles.

Il souleva une ondulation blonde tombée sur son épaule et la fit tourner entre ses doigts. Ses cheveux étaient aussi fins que de la soie, aussi doux qu'il l'avait imaginé.

— Ce que je me demande, c'est si nous devrions passer la nuit ensemble – rien qu'une fois – pour consommer le mariage.

L'innocence de Phoebe se dévoila dans son rougissement, mais la pointe de ses tétons se dressait sous sa chemise de nuit, lui coupant le souffle. Il ôta la main de ses cheveux pour éviter de descendre plus bas, et il changea de position sur le lit pour soulager son membre douloureusement durci.

Elle déglutit et entrouvrit les lèvres, mais aucune réponse n'en sortit.

— Dans le cas contraire, notre union pourrait être annulée, si l'un de nous le souhaitait.

Elle croisa son regard pour la première fois, les yeux écarquillés.

— C'est ce que vous souhaitez ?

Il sourit.

— Quoi donc ? Passer la nuit avec vous, ou annuler le mariage ?

Sa plaisanterie la détendit quelque peu, et elle plissa les yeux.

— Si je me fie à votre réputation, vous désirez sûrement les deux.

Il renversa la tête en arrière et éclata de rire, ravi de voir revenir chez elle le courage dont il avait eu un avant-goût la veille.

En l'entendant rire, elle se détendit davantage.

— Je suis certain que je savourerais la première proposition, même si je n'ai pas souillé la moindre ingénue depuis ma folle jeunesse.

— En effet, tout le monde connaît votre goût pour les femmes mariées.

Il lui sourit.

— Oui, et pourtant, pour la première fois, je me retrouve face à une dame qui correspond aux deux descriptions.

Rougissante, elle tenta de se lever. Il l'enlaça de plus belle.

— Où croyez-vous aller, ma colombe ? Nous n'avons pas fini de parler. Je ne vous obligerai pas à partager ma couche, mais vous êtes mon épouse, désormais, et vous devez m'écouter. Je n'ai aucun scrupule à donner une fessée aux dames.

D'ailleurs, la perspective d'allonger sa jolie épouse sur ses genoux fit tambouriner son cœur un moment.

Elle se raidit et le regarda fixement, comme pour jauger son sérieux. Il esquissa un sourire en coin et elle soupira, puis sourit. Levant la main, elle chassa les cheveux qui tombaient sur le visage de Teddy, et durant un instant, il eut véritablement l'impression d'être un homme marié. Il découvrait ce que cela faisait, de recevoir les petits gestes attentionnés du quotidien, quand une femme relevait le col de son mari ou remettait une mèche en place. Il se surprit à désirer une chose qui lui avait manqué sans qu'il s'en aperçoive.

— Qu'attendez-vous de moi en tant qu'épouse, au juste ? demanda-t-elle avec douceur.

— Un amour profond et une dévotion totale, répondit-il aussitôt, tirant un petit rire à Phoebe.

Il lui caressa la cuisse de haut en bas, admirant les muscles fermes de sa jambe élégante et ignorant le durcissement provoqué par ce contact.

— Oui, parlons de mes attentes, reprit-il. Tout d'abord, vous devrez toujours sembler contente d'être avec moi, quoi que vous ressentiez réellement. Et je veux que vous soyez toujours à la dernière mode, avec les chaussures les plus chères aux pieds. Vous chaperonnerez Wynn, et j'attends de vous que vous lui dénichiez un époux avant la fin de la saison, et... voyons voir... que font les épouses, à part cela ?

Elle s'esclaffa, et il lui caressa la joue.

— Je vais vous dire ce que j'attends de vous, ma colombe. Vous devez me parler avec franchise, si nous voulons tirer le meilleur parti de cette situation quelque peu... *inhabituelle.* J'ai beau adorer vos rougissements et vos yeux baissés, je préférerais que nous soyons à notre aise et honnêtes l'un avec l'autre. Je ne peux vous rendre heureuse si je ne vous comprends pas, et j'aimerais éviter de faire des suppositions qui risqueraient de s'avérer erronées. Alors voici ma question pour vous : souhaitez-vous, oui ou non, consommer ce mariage ?

La poitrine de Phoebe se souleva, et ses tétons se dressèrent de plus belle tandis qu'une chaleur humide envahissait le pantalon de Teddy, là où elle était assise.

Mais elle serra les genoux et les fesses et répondit :

— Non, je ne le souhaite pas.

CHAPITRE DEUX

Il s'en était fallu de peu.

Comment parviendrait-elle à cohabiter avec le charmant Lord Fenton – *dans le rôle de son épouse* – sans céder à ses avances ? L'aisance avec laquelle il la touchait, avec laquelle il l'avait installée sur ses genoux, ne la lâchant que quand il l'avait voulu, avait une note de domination, mais pas de tyrannie. Rien à voir avec la façon dont Reddington avait tenté de profiter d'elle. Elle frémit.

Elle se glissa dans son lit, toujours échauffée par le désir qu'il avait fait monter en elle. Comment cela serait-il, de partager son lit avec un homme tel que lui ? Soudain envahie par la jalousie, elle songea à sa sœur et aux bruits qu'elle avait entendus. Elle avait eu l'air d'aimer cela. Mais elle ne pouvait pas. Même si elle avait été prête à donner son cœur à un débauché sans scrupules, elle ne pourrait se résoudre à... Elle frémit à nouveau. Pas après Reddington.

Les deux jours suivants, elle apprit à connaître Wynn, avec laquelle elle s'entendit tout de suite. Elle avait passé les trois ans suivant l'accident de calèche fatal de ses parents dans une école pour jeunes filles payée par Reddington. Elle avait beau avoir dix-neuf ans et avoir fait son entrée dans le monde depuis longtemps, il l'avait empêchée d'assister aux événements de la société qui lui auraient permis de trouver un époux. Sûrement pour la garder prisonnière de ses assauts révoltants. Elle avait eu peu de relations sociales, à l'exception de Maud et des personnes qui lui rendaient visite, et leurs discussions tournaient presque exclusivement autour des ragots. En Wynn, elle trouvait une amie désireuse d'évoquer ses passions, la poésie et la littérature, en plus de lui donner les dernières nouvelles de la haute société londonienne.

La meilleure amie de Wynn, Lady Westerfield, leur rendit visite dès sa deuxième après-midi à son nouveau domicile, et Phoebe était nerveuse. Elle se rappelait avoir entendu parler d'une « affaire Westerfield » impliquant Lord Fenton. Avaient-ils été amants ? Que penserait-elle de Phoebe ?

— Je l'ai invitée à venir faire la connaissance de la nouvelle Lady Fenton, mais je n'ai rien écrit de plus, elle sera donc impatiente de découvrir les détails, l'informa Wynn tandis qu'elles se rendaient dans le petit salon.

La boule au ventre, elle eut l'impression que sa belle-sœur la jetait en pâture aux lions. S'attendait-elle à ce qu'elle révèle le scandale à Lady Westerfield ?

— Bonjour, ma chère Kitty ! s'exclama Wynn en entrant dans la pièce, avant d'embrasser une jolie femme sur la joue. Permettez-moi de vous présenter la nouvelle Lady Fenton !

Elle désigna Phoebe avec une étincelle espiègle dans les yeux.

Lady Westerfield était ravissante, et devait avoir le même âge que Wynn. Son ventre était arrondi par une grossesse, de quatre ou cinq mois, d'après les estimations de Phoebe. Elle lui fit la révérence, anxieuse.

— Phoebe, se présenta-t-elle.

— Et vous pouvez m'appeler Kitty.

Cette dernière dévisagea Wynn d'un air impatient.

— Eh bien, insista-t-elle. Comptez-vous me dire comment c'est arrivé ?

Wynn fit un geste en direction du sofa et des fauteuils.

— Venez, asseyez-vous.

— Euh, j'ai épousé Lord Fenton jeudi, bredouilla bêtement Phoebe.

— Oh, toutes mes condoléances !

Comme Phoebe se contentait de la regarder d'un air hébété, Kitty ajouta :

— Pardonnez-moi, je plaisantais. Nous sommes amis d'enfance, et nous nous chamaillons parfois comme un frère et sa sœur.

Comme un frère et sa sœur. Une part d'elle se réjouit d'entendre ces mots.

— Alors, était-ce de l'amour, pour vous, ou s'agit-il d'un autre arrangement ?

Le franc-parler de Kitty prit Phoebe au dépourvu. Mais le sourire de la comtesse était si chaleureux et charmeur qu'elle fut incapable de s'en offusquer.

— Un autre arrangement, admit-elle.

— Oh, racontez-lui, l'encouragea Wynn. Kitty est digne de confiance. Si vous ne le faites pas, je m'en chargerai.

— Vous devriez sûrement le faire, balbutia-t-elle.

— Très bien.

Wynn entreprit de lui raconter les événements. Phoebe aima entendre le point de vue de sa belle-sœur, qui contait une histoire de bravoure et d'héroïsme, au lieu d'un mensonge intrépide suivi d'une tentative opportuniste pour échapper aux griffes de son beau-frère. Wynn conclut en déclarant que Phoebe avait informé Teddy qu'il s'agirait uniquement d'un mariage d'apparence.

Kitty la dévisagea de ses yeux intelligents.

— Voici qui résout le problème de la fidélité douteuse de Teddy.

— Oui, dit Wynn.

Entendre parler aussi ouvertement des détails de son union lui donnait l'impression qu'on lui avait ouvert la poitrine pour dévoiler tous ses organes. Pire encore, les femmes les plus proches de Fenton lui confirmaient qu'il était incapable de respecter le serment sacré du mariage. Elle réalisait que quelque part dans un recoin de sa tête, elle avait entretenu l'espoir que leur union devienne un jour bien réelle.

Lorsque Fenton rentra du Parlement, Lady Westerfield était toujours là, car les trois dames avaient passé l'après-midi entière à bavarder en prenant le thé.

— Ah, mes trois femmes préférées, s'exclama Fenton. J'espère que vous n'avez pas informé ma jeune épouse de mes comportements débauchés.

Il parlait d'un ton léger, mais Phoebe dut laisser transparaître quelque chose, car il ajouta :

— Je vois que vous ne vous en êtes pas privées.

Il traversa la pièce et s'assit dans un fauteuil près de l'âtre, les jambes nonchalamment étendues, l'air aussi débonnaire que d'habitude.

— Tout ce qu'elles ont dit est probablement vrai, ma colombe, et j'en suis navré.

Bizarrement, il semblait sincèrement désolé, comme si son comportement était un fardeau incontrôlable.

— Nous ne lui avons rien dit du tout, répliqua Lady Westerfield. Mais vous avez intérêt à la traiter correctement, car la pauvre va devoir endurer votre compagnie jusqu'à la fin de ses jours.

Il eut son sourire en coin dévastateur, mais son regard semblait distant.

— Je suis certain que nous parviendrons à un accord qui

lui conviendra, dit-il en tournant les yeux vers elle, s'attardant sur son visage d'un air songeur jusqu'à ce qu'elle sente sa peau s'enflammer.

* * *

— Pourquoi ne vous avais-je encore jamais vue ? demanda-t-il à Phoebe lors du souper.

— Nous nous sommes rencontrés, une fois, dit-il d'un air soudain timide. Chez Lord Reddington. Au bal de Noël. Je vous ai croisés tous les deux dans le couloir.

— Oh ! s'exclama Wynn en se plaquant une main sur la bouche.

Il s'en souvenait. Deux ans plus tôt, lors de la première saison de Wynn, personne ne l'avait invitée à danser. Comme elle était attristée, il l'avait menée dans le couloir et elle avait fondu en larmes. Il l'avait consolée, lui avait offert son épaule puis un mouchoir, et enfin, il avait plaisanté pour lui redonner le sourire. Il avait oublié qu'une jolie jeune fille était passée devant eux et leur avait demandé si elle pouvait les aider. Ce devait être Phoebe.

— Je m'en souviens, car c'était mon premier bal, et j'avais envie de pleurer, moi aussi, admit-elle en jetant un regard compatissant à Wynn. Et je regrettais de ne pas avoir de grand frère pour me dire que tous les hommes étaient sots.

Les deux jeunes femmes se mirent à rire, et il vit les joues de Phoebe rosir. L'avait-elle trouvé séduisant ? L'œillade qu'elle lui lançait semblait dire que oui. Et il avait beau être tellement habitué à provoquer des rougissements et des battements de cils qu'il trouvait ces marques d'intérêt insipides, dans ce cas précis, son sang se mit à bouillonner. Phoebe était pleine de contradictions. Un instant assurée, intelligente et mûre ; le suivant, parfaitement innocente. Il avait envie de protéger cette innocence, et en même temps, de révéler la femme qu'il apercevait derrière le masque.

— Et pourquoi ne vous avons-nous pas revue depuis ? s'enquit-il.

Le regard de Phoebe devint lointain, fixé sur le mur derrière sa tête, comme si elle se remémorait quelque chose de désagréable.

— Dites-nous la vérité, ma colombe. Maud vous enfermait-elle ?

Elle le regarda brusquement, surprise.

— Pourquoi une telle supposition ?

— C'était celle de Wynn, en réalité, mais nous pensions qu'elle voulait éviter que vous lui voliez la vedette.

Phoebe laissa échapper un gloussement, puis un autre.

— C'est bien cela ? demanda Wynn.

Phoebe se tenait les côtes, son corset trop serré pour une telle hilarité.

— Je ne sais pas... peut-être ! s'exclama-t-elle en essuyant ses larmes de rire. Je crois que vous avez vu juste.

Elle lutta pour reprendre son sérieux.

— Pardonnez-moi, je ne sais pas ce qui m'arrive. J'ai été surprise par votre analyse de la situation.

L'assiette de Teddy avait déjà été débarrassée par les domestiques, et il posa le menton sur sa paume, savourant l'amusement de Phoebe.

— Et Lord Reddington ? demanda-t-il.

Le sourire de Phoebe s'envola et elle sembla presque nauséeuse.

— L... Lord Reddington ?

— Vous maltraitait-il ?

Elle sembla déglutir avec difficulté, et son visage pâlit. Elle se leva brusquement, obligeant Teddy à bondir sur ses pieds.

— Je crois que je vais prendre un bain avant d'aller me coucher, déclara-t-elle. Cela ennuierait-il les domestiques ?

— Absolument pas, dit-il, plus formel, en s'inclinant légèrement. Je vais les appeler immédiatement.

Elle lui fit la révérence.

— Merci, Monsieur le Comte.

Elle quitta hâtivement la pièce.

Il haussa un sourcil en direction de Wynn, qui ouvrit de grands yeux en hochant la tête. Sa sœur et lui n'avaient pas besoin d'échanger le moindre mot pour évoquer ce qu'ils venaient de voir.

Il se retira dans sa propre chambre tout en essayant d'imaginer la vie qu'avait menée Phoebe avec Lord Reddington. Il avait financé son école durant plusieurs années, ce qui signifiait qu'il ne l'avait pas complètement négligée. Pourtant, elle n'avait pas eu le droit de fréquenter les événements mondains, ce qui était étrange pour une jeune dame en âge de se marier.

Son valet l'aida à se débarrasser de sa veste et de son gilet, et il s'apprêtait à ôter son foulard lorsqu'un hurlement à glacer le sang fendit l'air, suivi par un deuxième cri, plus bref, dans une autre voix. Cela provenait de la chambre de Phoebe.

Il traversa la pièce à toute allure, ouvrit la porte à la volée et découvrit sa femme nue comme un ver au milieu de la pièce, trempée à cause du bain, qui agitait les mains autour de sa tête, les yeux révulsés. Sa femme de chambre tapait du pied et allait et venait dans tous les sens, comme folle. Lorsque la domestique le vit arriver, elle ouvrit la porte du couloir et se rua à l'extérieur avant de la claquer derrière elle.

Il rejoignit Phoebe et, constatant que quelque chose bougeait dans ses cheveux, il tira son corps trempé contre le sien pour aider la créature à se libérer.

C'était une chauve-souris.

Il éclata de rire et enlaça sa jeune épouse.

— Tout va bien, dit-il, incapable de contenir son hilarité et savourant ce rapprochement inattendu avec son corps dénudé. Nous allons la chasser. Ne vous inquiétez pas. Elle n'est plus dans vos cheveux.

— Cela n'a rien de drôle !

— Non, pas drôle du tout, confirma-t-il sans parvenir à contenir une note amusée. Pas drôle du tout... je suis navré d'avoir ri.

Il pinça les lèvres, le ventre secoué par les rires qu'il réprimait.

— Cessez donc, espèce de malotru.

Elle commençait à rire à son tour. Elle se pressa contre lui, réalisant peut-être que son corps était son seul paravent. Il baissa les yeux sur son dos, jusqu'à la courbe aguicheuse de ses fesses, sa partie préférée de l'anatomie féminine.

— Je suis en tenue d'Ève, dit-elle d'une voix aiguë.

— En effet, ma colombe, je l'avais remarqué, répondit-il d'une voix traînante, l'asticotant davantage en glissant la main le long de la peau souple de son dos. Je me demandais comment vous éloigner pour vous admirer en paix.

— Je vous l'interdis.

Elle lui donna une tape sur le torse, mais resta collée à lui afin de ne pas se dévoiler.

— Quel dommage. D'après ce que j'ai vu, vous êtes exquise.

C'était la vérité. Il se repassa à loisir l'image gravée dans sa mémoire. Ses seins étaient plus que généreux, ses tétons se dressaient insolemment vers le ciel. La courbe de sa taille était aussi marquée qu'avec un corset, et son derrière... il jeta un nouveau regard dans son dos. Seigneur, il rêvait de palper cette croupe envoûtante !

— Ça suffit, dit-elle, bien qu'elle semblât satisfaite.

Du bout des doigts, il traça un cercle dans le creux de ses reins.

— Mmm, murmura-t-il. C'est vrai.

À travers le tissu amidonné de sa chemise, il sentit les tétons de Phoebe se presser contre ses côtes. Ils étaient aussi durs que son membre. Elle se balança d'un pied sur l'autre.

— Teddy, arrêtez, dit-elle d'une voix légèrement paniquée.

— Je suis navré, ma colombe. Je ne peux pas m'en empêcher... admirer les belles femmes est dans ma nature.

— Eh bien, je n'ai que faire de votre admiration, surtout compte tenu du nombre de femmes qui en ont bénéficié. Je crois que je préférerais que vous me considériez comme votre sœur.

— Comme ma sœur, hein ? susurra-t-il à son oreille sans cesser de caresser sa peau nue. Je peux essayer.

Il la souleva par le menton et effleura ses lèvres des siennes avant de conclure :

— Mais je ne pense pas que cela soit possible.

Elle rougit et fronça les sourcils.

Avec un petit rire, il la fit reculer jusqu'au lit, où il ramassa une courtepointe pour l'emmitoufler. Le soulagement submergea l'expression de Phoebe et elle soupira :

— Merci.

Il lui sourit et rabattit les pans de la courtepointe sur sa poitrine en la regardant avec affection.

— Une prochaine fois, peut-être, dit-il d'un ton léger. Je veillerai à introduire une autre chauve-souris dans votre chambre.

— Vous n'êtes pas drôle ! s'exclama-t-elle, mais elle riait.

— Je vais chercher cette sotte de femme de chambre. À la voir partir en courant, l'on aurait pu imaginer que votre chambre renfermait un sanglier. Et quand vous serez habillée, vous pourrez patienter dans ma chambre le temps que les domestiques aient capturé votre assaillante.

Il jeta un coup d'œil au-dessus de l'armoire, où avait disparu l'animal.

— Merci de m'avoir sauvée, dit-elle en s'emmitouflant dans la courtepointe.

Il lui adressa un clin d'œil.

— C'était un réel plaisir.

* * *

Phoebe le vit parcourir son corps des yeux, et elle perçut une sensation humide entre ses jambes sans nul rapport avec son bain. Elle se laissa tomber sur son lit, légèrement étourdie.

Elle enfila sa chemise de nuit et sa robe sans l'aide de sa femme de chambre, car elle refusait de rester en présence de la chauve-souris une seconde de plus. Elle n'avait pas l'impression d'être particulièrement nunuche, mais avoir une chauve-souris coincée dans les cheveux avait fait tambouriner son cœur, et n'ayant pas envie de rester dans la même pièce que la créature, elle frappa chez Teddy et entra, laissant la porte ouverte et s'asseyant gauchement au bord du lit.

Elle entendit des voix dans le couloir, et sa femme de chambre frappa à sa porte.

— Entrez ! lança-t-elle, sans savoir si elle l'entendrait depuis la chambre de Teddy.

Ce dernier entra dans la pièce.

— Ah, la voici, dit-il aux hommes du couloir. Allez dans sa chambre et capturez la chauve-souris.

Puis s'adressant à elle, il ajouta :

— Fermez la porte communicante, ma chérie, afin qu'elle n'entre pas.

Ma chérie.

Il prononçait ces mots avec tant d'aisance, de nonchalance. *Ma chérie* et *ma colombe*. Réalisait-il l'effet que ces mots doux avaient sur elle ? Si seulement il était sincère.

Il pénétra dans sa chambre et ferma derrière lui avant de s'asseoir à ses côtés.

— Vous rougissez toujours ? la taquina-t-il avant de lui toucher la joue. Vous n'avez pas à rougir avec moi. Je suis votre mari, après tout, et nous vivons ensemble. Bientôt, nous connaîtrons plein de détails embarrassants l'un sur l'autre, comme quand nous aurons des vents et ce genre de choses.

Elle gloussa.

— Lord Fenton ! Vous êtes incorrigible.

— Teddy, la reprit-il. Bon, au moins, je vous ai fait rire. Et c'est la vérité, en plus. Mais écoutez.

Il glissa un doigt sous son menton pour qu'elle se tourne vers lui.

— J'aurai beau tenter de vous séduire, jamais je ne vous forcerai. Vous savez faire la différence, n'est-ce pas ?

Elle sentit ses joues s'empourprer à nouveau, et le regard de Teddy se radoucit.

— Je n'en suis pas sûre.

— Il est dans ma nature de séduire les femmes. Enfin, d'habitude, je ne touche pas aux innocentes, mais comme l'innocente en question se trouve être mon épouse, je fais une exception.

Il lui adressa un sourire en coin, qu'elle lui rendit.

— Mais j'insisterai seulement si mes avances sont les bienvenues. Si je réalise que vous n'en voulez réellement pas, je m'abstiendrai.

Elle réfléchit. Il s'était interrompu dès qu'elle s'était

montrée ferme. Quand elle était devenue nerveuse, il était allé chercher la courtepointe et l'avait couverte. Il était différent... très différent de Lord Reddington.

— Merci, Monsieur le Comte, murmura-t-elle.

Ce soir-là, elle s'endormit en se remémorant la sensation de ses mains sur sa peau nue, la chair de poule qu'elles avaient causée, le tiraillement entre ses jambes. *Il est dans ma nature de séduire les femmes.* Il était dans sa nature de les séduire, puis de les quitter. Il n'était pas question qu'elle se laisse prendre au piège.

Le lendemain était un dimanche, et Fenton escorta les dames à l'église puis à Hyde Park, où les membres de la haute société se rendaient pour voir et être vus.

— Il faut que je montre ma superbe épouse à tout le monde, insista Fenton. Il est grand temps de lancer les ragots.

— Dans ce cas, je me réjouis d'avoir enfilé mes chaussures les plus chères, Lord Fenton, le taquina-t-elle.

Il rit à gorge déployée.

— Merci pour votre obéissance, dit-il, lui causant un frisson le long de l'échine à l'idée qu'il puisse être son maître. Mais si vous m'appelez de nouveau Lord Fenton, je serai obligé de vous donner une fessée.

— Teddy ! le rabroua Wynn, et il sourit.

Il aida Phoebe à descendre de la calèche, ses mains puissantes entourant aisément sa taille pour la soulever comme si elle était aussi légère qu'une plume. Il aida ensuite Wynn et leur tendit un bras à chacune.

— Je pense qu'il faudra bientôt que je vous emmène dans le Northamptonshire pour vous présenter ma mère, dit-il avant de s'adresser à sa sœur. Lui as-tu écrit ?

— Oui, répondit Wynn, bien que ce ne soit pas mon rôle.

Face à son ton irrité, Fenton se contenta de sourire.

— Je le sais, et je te remercie.

— Je ne lui ai pas dit toute la vérité sur cette union, admit-elle.

— Non, non, je comprends.

Le frère et la sœur parurent un instant abattus, et elle se demanda si elle devait redouter les présentations avec la comtesse douairière. Était-elle autoritaire et critique ? Difficile à satisfaire ?

Fenton les mena le long des chemins, la présentant comme sa jeune épouse avec tant de gaieté et d'affabilité qu'elle fut incapable de rester en retrait, bien qu'elle en ait eu l'envie, face aux innombrables expressions inquisitrices. Finalement, Wynn annonça qu'elle voulait nourrir les canards, et Phoebe s'enfuit avec elle jusqu'aux rives de la mare.

— Croyez-vous que cela causera un scandale ? demanda-t-elle à sa nouvelle amie.

— Non, répondit Wynn avec trop de précipitation. Et si c'est le cas, cela ne durera pas. Regardez l'affaire Westerfield... les gens se sont lassés au bout de quelques mois.

Phoebe ôta l'un de ses gants afin de mieux saisir les morceaux de pain, et jeta accidentellement son gant dans la mare par la même occasion.

— Juste Ciel ! Oh, non !

Elle se débarrassa de ses chaussures et entra aussitôt dans l'eau froide avant que le gant ne coule. Sur la rive, l'eau était peu profonde, mais le fond de la mare s'inclinait brusquement, et elle se retrouva soudain complètement immergée, les jambes emmêlées dans ses jupons, dont le poids l'empêchait de garder la tête à la surface. Elle entendit Wynn crier son nom, puis appeler à l'aide avant qu'elle s'enfonce, retenant son souffle tout en battant des pieds pour remonter. Elle avait l'impression que ses poumons allaient exploser, et pourtant, elle restait incapable de sortir la tête de l'eau. Paniquée, elle agitait frénétiquement les membres tout en résistant à l'envie irrépressible d'ouvrir la bouche et d'inspirer. Des petites étoiles se mirent à danser devant ses yeux, et elle réalisa qu'elle allait bientôt s'évanouir et se noyer.

Un bras puissant s'enroula autour de sa taille et lui sortit la tête et les épaules de l'eau. Elle crachota, battant des paupières pour voir à travers l'eau qui cascadait sur son visage.

Lord Fenton la tenait fermement, le front plissé d'inquiétude. Il la traîna jusqu'à la rive, chercha un endroit permettant de remonter facilement, puis la hissa sur la terre ferme, les mains sous ses fesses. Il grimpa à son tour, et sans un mot, il la souleva et la porta en direction de la calèche.

— Merci, Monsieur le Comte, balbutia-t-elle.

— Phoebe, Dieu merci ! s'exclama Wynn en les rattrapant. Tout va bien ?

— Oui, oui, très bien. Vous pouvez me poser, Lord Fenton, je suis en état de marcher, maintenant.

Il ne répondit pas et continua d'avancer à grands pas en direction de la calèche.

— Monsieur le Comte ?

— Non, Phoebe. Je ne vous poserai pas avant d'avoir regagné la calèche, dit-il d'un ton ferme, comme si elle aurait déjà dû le savoir.

Une fois devant la calèche, il la hissa à l'intérieur, aida sa sœur, puis grimpa derrière elles. Il tira les rideaux et souleva Phoebe avant de l'allonger sur ses genoux et de relever ses jupons trempés.

Elle avait le souffle presque coupé à cause de la surprise, et semblant s'en apercevoir, il délaça son corset, juste avant que retentisse le bruit de claque le plus assourdissant possible dans la calèche.

Le cocher et les chevaux avaient également dû l'entendre, car ils démarrèrent en trombe, cahotant sur la route tandis que la paume de Fenton s'abattait à nouveau sur ses dessous mouillés. Elle serra les fesses et sursauta à cause de la douleur.

— Teddy ! siffla Wynn. Arrête !

Phoebe était incapable de s'exprimer. Sous le choc, elle restait sans voix. Une autre claque s'abattit sur ses fesses trempées, puis une autre, et une brûlure commença à s'installer comme si elle s'était assise sur un tas d'orties. Encore et encore, il la fessa, sa main retentissant à la même cadence que les chevaux, avec en contrepoint les protestations de sa sœur.

— Aïe ! parvint enfin à dire Phoebe en essayant de se dégager.

— Oui, dit-il d'un ton neutre.

Il continua de la fesser comme s'il n'allait jamais s'arrêter, laissant sûrement l'empreinte de sa main sur sa chair endolorie. C'était douloureux, une douleur qui grandissait exponentiellement. Alors que des larmes commençaient à brûler les yeux de Phoebe, il s'arrêta.

* * *

— Vous avez mis votre vie en péril pour un gant ? demanda-t-il d'un ton impérieux en dénouant la ficelle de ses jupons mouillés avant de la mettre debout, la maintenant par la taille pour qu'elle ne perde pas l'équilibre.

Elle glissa les mains derrière sa tête afin de s'appuyer à la paroi de la calèche, et il eut une vue plongeante sur son décolleté. Il tira sur le tissu détrempé dans l'espoir qu'elle n'attrape pas froid.

— Des gants, je peux vous en racheter, pauvre cruche ! Vous auriez pu vous noyer à cause du poids de vos jupons !

Il voyait bien qu'elle était au bord des larmes, et il ne

voulait pas qu'elle perde ses moyens, raison pour laquelle il la maintint occupée, tournant d'un côté puis de l'autre pour lui ôter ses bas et ses porte-jarretelles mouillés avant de passer autour de sa taille une couverture qu'il gardait sous les sièges, la maintenant en place tandis qu'il plongeait en dessous pour lui ôter ses dessous. Quand elle fut au sec et au chaud, au moins en dessous de la taille, il la repoussa sur la banquette et enleva sa propre veste mouillée ainsi que son gilet.

— Donne-moi ton étole, ordonna-t-il à Wynn.

— Non, non, ça ira, dit Phoebe, mais il la fit taire, prit l'étole de sa sœur et lui en enveloppa les épaules.

— C'est un vrai tyran domestique, n'est-ce pas ? commenta Wynn pour consoler sa pauvre épouse, qui ne semblait pas savoir comment réagir.

Il prit sa main, nue puisqu'elle avait perdu son gant, et l'embrassa. Il la sentit trembler contre ses lèvres, et il la plaça entre ses deux paumes.

— Vous m'avez fait peur, dit-il en guise d'excuses.

— Oui, répondit-elle, essoufflée, la poitrine toujours soulevée dans un rythme effréné, les cheveux plaqués sur son cou de cygne.

Il récupéra plusieurs épingles qui menaçaient de tomber et les plaça dans la main de Phoebe, toujours prisonnière des siennes.

— Je suis heureux que vous soyez indemne.

Elle battit rapidement des cils, mais sembla incapable de le regarder dans les yeux.

Dès leur arrivée chez eux, il ordonna qu'on lui préparât un bain et qu'on lui apportât un chocolat chaud.

Lorsqu'ils se retrouvèrent sur le palier avant le dîner, il lui offrit son bras. Elle le saisit, rougissante, et n'osa pas lever les yeux plus haut que son col.

Préférant aborder le sujet franchement, il lui toucha la main.

— Vous rougissez toujours à cause de votre fessée ?

Cela attisa sa colère. Elle se tourna vers lui d'un air courroucé.

— Était-ce supposé me rendre penaude ? Car c'est tout le contraire ; je suis fâchée.

Il rit.

— J'ai dû arrêter trop tôt. Si vous le souhaitez, je peux vous conduire dans ma chambre et recommencer avec plus d'application.

Elle s'empourpra, et il se radoucit.

— Non, ma colombe. Je ne voulais pas vous rendre penaude ; j'exprimais simplement ma frustration.

Il s'arrêta et lui fit face, prenant la main qu'elle avait posée sur son bras pour porter ses doigts à ses lèvres. Il les y maintint jusqu'à ce qu'elle lève les yeux vers lui.

— Vous m'avez fait peur, répéta-t-il.

Ses yeux s'embuèrent de larmes, qu'elle ravala.

— Pardonnez-moi mon emportement, dit-il d'une voix cajoleuse.

Elle secoua la tête, et il crut qu'elle allait dire qu'elle était incapable de lui pardonner, mais au lieu de cela, elle haussa les épaules.

— Je n'ai pas vu d'emportement. Mais si vous agissez ainsi par frustration, je n'ai pas envie de me retrouver sous cette paume lorsque vous serez véritablement en colère.

Il lui lâcha la main et lui caressa les joues, traçant les contours de ses mâchoires avec ses pouces.

— Jamais, mon amour.

La poitrine de Phoebe se mit à se soulever, poussant contre son corset étroit, et il se demanda pourquoi elle réagissait ainsi à ces mots. À moins qu'il s'agisse de ses caresses.

— Pardonnez-moi mon manque de courtoisie, murmura-t-elle.

— Vous étiez aussi courtoise qu'une jeune femme puisse l'être après avoir été corrigée sur les genoux d'un homme. Êtes-vous blessée ?

Il secoua la tête.

— Seulement ma fierté.

Il sourit.

— C'est réparable. Je vous laisserai me fesser plus tard pour me remettre à ma place.

Elle souffla et rit doucement.

— Cela risquerait de me plaire.

Il agita les sourcils.

— Eh bien, vous savez où me trouver, dit-il en la menant au pied de l'escalier puis à la salle à manger.

— Vous êtes-vous réellement inquiété pour moi ? s'enquit-elle, comme si elle avait du mal à y croire.

Il s'arrêta pour la dévisager.

— Mon cœur a cessé de battre quand vous étiez sous l'eau. Cela vous surprend-il ?

— Eh bien, je suppose que vous auriez ressenti la même chose si une autre dame était tombée dans la mare.

Il haussa un sourcil.

— Partez-vous à la pêche aux compliments, ma chère dame ?

Ignorant son rougissement, il ajouta :

— Non, c'est à *vous* que je suis de plus en plus attaché, mon amour. Je n'ai pas l'intention de perdre ma nouvelle épouse dans un accident tragique.

Les joues toujours roses, elle secoua la tête.

— Vous dites des sottises, bredouilla-t-elle.

Quand ils furent à table, il s'adressa aux deux femmes :

— Savez-vous ce que nous devrions faire ?

— Non, quoi ?

— Organiser une réception en l'honneur de notre

mariage. Vous savez, comme l'ont fait Kitty et Harry après leurs péripéties.

— Oui, c'est une excellente idée ! s'exclama Wynn. Penses-tu que nous pourrons convaincre mère de venir ? Ainsi, elle n'aurait pas l'impression d'avoir tout raté.

— Oui, c'est possible. Mettez-vous d'accord sur une date, et je lui écrirai une lettre qu'elle ne pourra pas refuser.

— Que pensera-t-elle de moi ?

Il était admiratif que Phoebe ait osé poser la question.

— Elle vous adorera.

— Non, je voulais dire...

— Elle sera déçue que vous ne prévoyiez pas de me donner des héritiers, mais elle s'y fera.

Phoebe fronça les sourcils.

— Et vous, êtes-vous déçu ?

— Grand Dieu, non. Je n'ai jamais eu l'intention de me marier, et par conséquent, je ne m'attendais pas à avoir des héritiers.

— Mais à qui transmettrez-vous votre titre ?

Il agita la main.

— J'ai une ribambelle de cousins. Et s'ils mouraient tous, mon père a semé des bâtards jusqu'en Écosse.

Elle se figea, sa cuillère à mi-chemin de sa bouche. Elle reposa l'ustensile et contempla un moment sa soupe. Il devina sa question avant même qu'elle la pose.

— Avez-vous des bâtards ?

Elle avait gardé une voix naturelle et légère, bien que son corps fût rigide dans l'attente de sa réponse.

— Aucun. Je suis très prudent, et aussi un peu chanceux, et je n'ai, à ma connaissance, pas engendré le moindre enfant.

Les épaules de Phoebe se détendirent.

— L'honneur est sauf, dit-elle d'un ton narquois.

Ce fut au tour de Teddy de se raidir, de poser sa cuillère et de contempler sa soupe. Il avait perdu l'appétit. Sa remarque avait quelque chose de trop familier. Non, son ton, plutôt. C'était celui qu'avait toujours employé sa mère avec son père. Voilà le genre d'union qu'ils avaient : des échanges méprisants et des silences glaciaux, tous à cause des badinages de son père. Le genre d'union que Teddy voulait à tout prix éviter. Un sentiment de panique s'empara de lui : c'était le début de la fin pour Phoebe et lui. À peine une semaine de calme avant la tempête, bien qu'elle l'eût autorisé à fréquenter d'autres femmes.

Il chercha désespérément une solution : prendre ses distances avec elle, vivre chacun dans une résidence différente, mais cela lui évoquait l'ambiance sinistre dans laquelle il avait grandi.

— Pardonnez-moi. C'était grossier de ma part, n'est-ce pas ?

Il leva les yeux, surpris, et elle secoua la tête.

— Je n'ai pas le droit de vous juger.

Il repoussa sa chaise et jeta sa serviette sur la table.

— Bien sûr que vous êtes en droit de me juger, dit-il d'un ton plus amer qu'il l'aurait souhaité. N'est-ce pas le rôle d'une épouse ?

Il se leva de table et s'inclina légèrement.

— Si vous voulez bien m'excuser, Mesdames, dit-il avant de s'enfuir sans attendre de réponse.

CHAPITRE TROIS

Le courage n'est rien d'autre
qu'étoiles dans les yeux
Un bref éclat avide...
et quand il n'est plus
que le temps est écoulé,
ne reste que la douleur, à jamais

Phoebe soupira et raya le mot « douleur », cherchant un meilleur terme. C'était la première soirée qu'elle passait seule depuis son mariage trois semaines plus tôt. Elle avait beau apprécier la compagnie de Wynn, elle avait été impatiente de se consacrer à sa poésie. Lorsque sa belle-sœur lui avait proposé d'assister à un bal chez les Westerfield, elle avait poliment refusé pour se replonger dans sa passion sans être interrompue.

Elle était assise au bureau de Fenton, ses poèmes éparpillés sur la surface en acajou. Le simple fait de les voir lui faisait chaud au cœur, comme s'ils représentaient des visages amicaux. Fenton possédait un stylo en écaille de tortue à la plume exquise, rendant l'écriture d'autant plus agréable. Les yeux mi-clos, elle voyait les mots danser autour d'elle, chacun avec sa propre nuance, sa propre histoire. Ils semblaient bourdonner, l'amadouer pour être choisis et inscrits sur le papier raffiné.

Sauf que son esprit ne cessait de convoquer des mots tels que « fessée » et « époux ». Le souvenir de la paume de Teddy sur sa chair mouillée suffisait à la rendre toute chose. Elle avait rejoué la scène dans sa tête, encore et encore, s'essayant à des réactions différentes : elle le giflait, par exemple, ou le suppliait d'arrêter. Ou bien elle riait.

À quelle réaction s'était-il attendu ? À des excuses ? Une bouderie ? Elle avait beau y réfléchir, elle ne comprenait pas ce que sous-entendait son geste. Était-ce une punition ? Une tentative de séduction ? Elle imagina recevoir une véritable correction de sa part, et l'idée de se soumettre à son autorité l'émoustilla.

Elle aurait peut-être dû s'excuser.

Elle avait peu revu Fenton depuis qu'elle lui avait demandé s'il avait des bâtards. Sa remarque acerbe l'avait blessé, et elle savait qu'il n'avait pas mérité cela. Ils n'étaient pas amoureux, ne s'étaient pas juré fidélité. Il ne lui devait rien de cet ordre-là, et pourtant, elle s'en était prise à lui.

Depuis, ils entretenaient une relation fragile, mais polie. Ils prenaient leur petit-déjeuner ensemble, puis il se rendait au Parlement pendant que Wynn et Phoebe recevaient des visites ou se rendaient chez leurs amis. Lord Fenton rentrait pour dîner, mais il ressortait ensuite souvent jusque tard dans la nuit. Elle ignorait s'il le faisait parce qu'elle l'avait blessé ou parce qu'il s'agissait de sa routine habituelle, et elle n'osait pas poser la question à sa belle-sœur ou à l'un des domestiques.

Il rejoignait peut-être sa maîtresse. Ou ses maîtresses.

Le souvenir des gloussements de sa sœur pendant leur liaison refit surface, et elle pressa sa plume avec trop de force, en cassant l'extrémité. Une jalousie brûlante monta dans sa poitrine à l'idée que Maud puisse s'amuser avec Fenton... avec *son* mari.

Pitié, mon Dieu, pas ça. N'importe qui, mais pas Maud.

Soudain, elle avait envie d'arracher les yeux de sa sœur.

La porte du bureau s'ouvrit dans un cliquetis et elle sursauta en poussant une exclamation. C'était Lord Fenton en personne, l'air aussi surpris de la surprendre dans son fauteuil qu'elle l'était d'y être découverte.

— Oh ! Pardonnez-moi, Monsieur le Comte !

Elle sécha son encre et fit hâtivement une pile de ses poèmes, abandonnant le ruban avec lequel elle les attachait habituellement pour les fourrer dans sa petite boîte en bois.

Avec un sourire de prédateur, Fenton fit souplement le tour du bureau, visiblement satisfait de la prendre en faute.

— Que faisiez-vous, très chère ? demanda-t-il d'une voix traînante.

— Rien ! Rien du tout. Je... je m'en allais. Pardon.

Il lui barra la route.

— Vous écriviez quelque chose ?

— Non ! J'étais simplement...

Elle réfléchit à toute allure.

— J'étais en train de lire des notes prises à l'école. J'étudiais, voyez-vous.

Fenton rit, passa devant elle et s'assit dans son fauteuil tout en l'attrapant par la taille. À la grande surprise de Phoebe, il l'allongea en travers de ses jambes et lui donna aussitôt une tape sur les fesses.

Elle agita les jambes.

— Quoi ? Arrêtez !

— Ne mentez jamais à votre époux, Phoebe. Cela ne lui plaît pas du tout.

Il lui donna plusieurs claques rapides sur le derrière, puis releva ses jupons, la faisant paniquer. Elle se tortilla pour se libérer.

Fenton riait.

— Non, impossible de vous libérer. Vous avez mérité cette fessée, il vous faut désormais l'encaisser.

Mortifiée, elle le sentit écarter la fente de ses dessous pour exposer ses fesses nues à l'air froid avant de se remettre à la fesser avec force. Elle ne pouvait plus respirer.

— Lord Fenton ! Pardon, Teddy ! haleta-t-elle.

Il rit de plus belle, massant ses fesses brûlantes avec sa large paume.

— Merci de vous en être souvenue. Il me semble vous avoir promis de vous fesser si vous ne m'appeliez pas par mon prénom.

Il ouvrit le tiroir de son bureau.

— Vous jouez de malchance. J'ai des outils, ici. Des règles, par exemple.

Il abattit ce qui devait être une règle en bois en travers de ses fesses, et elle éprouva une douleur cinglante.

— Aïe ! Je vous en prie, Monsieur le Comte !

— Mmm. Arrivez-vous à respirer ? Ouvrons un peu cela.

Il tira sur les lacets de son corset.

— Voilà. À présent, je peux frapper aussi fort que je le souhaite.

— Non ! s'exclama-t-elle alors qu'une nouvelle série de coups de règle s'abattait sur ses fesses.

— Pitié !

— Quand je vous pose une question, j'attends de vous une réponse sincère, ma colombe. Qu'écriviez-vous ? Une lettre d'amour ?

— Non !

Il abattit de nouveau la règle, cinq fois, dans une succession rapide.

Elle poussa une plainte.

— Des poèmes !

Elle se prépara psychologiquement, pour le prochain coup de règle ou les moqueries de Teddy, peut-être.

— Des poèmes, répéta-t-il. Vous en écrivez ?

Comme elle ne répondait pas, il lui asséna trois nouveaux coups de règle.

— Oui ! s'exclama-t-elle.

Il garda le silence un moment, et quand il reprit la parole, la note d'humour dans sa voix avait été remplacée par une curiosité sincère.

— Puis-je les lire ?

— Non ! s'écria-t-elle aussitôt.

La règle s'abattit à nouveau, dans un rythme régulier qui l'obligea à se cambrer dans une vaine tentative de fuite.

— Mauvaise réponse, mon amour. Ignorez-vous qu'il est impossible de tenir tête à un homme muni d'une règle en bois ?

Quand il l'abattit sur ses fesses, cependant, elle se cassa en deux, et Phoebe ne put contenir un gloussement. Le rire de Teddy résonna à ses oreilles, la réchauffant de l'intérieur, comme s'ils venaient de partager une plaisanterie qui rendait cette scène humiliante plus facile à supporter. Il massa ses fesses brûlantes.

— Il me reste ma main. Voulez-vous changer de réponse, ou dois-je poursuivre cette fessée ?

— Non... je veux dire... oui !

Il rit doucement et traça un cercle sur sa peau nue.

— Oui, je peux lire vos poèmes ?

Elle hésita. Elle n'avait aucune envie de prolonger sa correction. Mais elle ne voulait pas non plus lui dévoiler les pages qui contenaient son cœur, son âme. Sauf qu'une petite part d'elle souhaitait partager ses écrits avec lui, bien que cette perspective fût terrifiante.

Il attendit patiemment sa réponse, caressant et pétrissant son derrière d'une main tout en massant sa nuque de l'autre.

— Oui, répondit-elle enfin d'une petite voix.

— Merci, murmura-t-il.

Il la souleva pour la mettre debout à ses côtés, une main toujours glissée sous ses jupons, posée sur ses fesses nues. Il s'empara du poème en haut de la pile et se mit à le lire comme s'il s'agissait du texte le plus passionnant sur lequel il eût jamais posé les yeux, tandis que de son doigt, il parcourait la frontière entre ses fesses. Elle était incapable de respirer, moins troublée par l'invasion de son doigt que par ce qu'il penserait de son poème. Elle avait les jambes en coton. La main alla caresser la naissance de sa cuisse, puis son centre le plus intime. Elle tenta de se dégager, mais il lui donna une vive claque sur les fesses, avant de lever les yeux comme s'il réalisait tout juste le cheminement inapproprié de ses doigts.

* * *

Sa main s'était baladée. Cela lui arrivait, parfois, sans qu'il en soit conscient.

— Oh, Seigneur ! s'exclama-t-il.

Il ôta aussitôt ses doigts des fesses à la courbe parfaite de son épouse et, réalisant qu'il n'avait pas su lui octroyer le réconfort nécessaire après sa fessée, il la saisit par la taille et l'allongea sur ses genoux, lui pliant les jambes afin qu'elle se retrouve en position fœtale.

— Venez, ma colombe. Vous méritez un câlin, après l'épreuve que je viens de vous faire traverser.

Le corps tremblant, elle enfouit le visage dans son épaule, comme si elle avait honte de le regarder.

— Oui, dit-il d'un ton apaisant en caressant ses cheveux soyeux. Cachez vos yeux pour ne pas me voir. Vous avez raison.

Il déposa de petits baisers sur le sommet de sa tête.

— Pauvre petite colombe.

Il la berça, la serra contre lui et lui murmura des mots doux.

Elle était *à lui.*

Il était comblé, avec elle dans ses bras, conscient qu'elle était son épouse. Le poids de ses responsabilités envers elle était contrebalancé par la perspective d'autres moments de douceur. Il avait toujours jeté son dévolu sur des femmes d'expérience. L'innocence de Phoebe éveillait sa tendresse et un instinct protecteur qu'il avait ignoré posséder.

Son poème était magnifique. Il avait envie de le lui dire de façon convaincante. Après quelques instants, il lui releva la tête et prit son visage entre ses mains.

— J'adore votre poème, murmura-t-il.

Il se pencha vers elle et ses lèvres cherchèrent les siennes, d'abord avec douceur, puis avec plus de force. Elle lui toucha la joue, et il posa sa main sur la sienne tout en glissant sa langue entre ses lèvres.

Mais elle prit peur, et la main sur sa joue se mit soudain à le repousser. Phoebe avait de grands yeux effrayés.

— Je vous en prie, dit-elle d'une voix éraillée. Lâchez-moi.

Il était incapable de lui refuser quoi que ce soit, même si se séparer de son corps chaud était une grande déconvenue. Il l'aida à se mettre debout et se leva à son tour, comme tout bon gentilhomme l'aurait fait.

Elle tendit la main vers sa boîte en bois, mais il la retint.

— J'aimerais tous les lire, Phoebe. Puis-je garder la boîte ? Rien que pour ce soir ?

Elle sonda son regard, son pouls effréné visible dans son cou.

— S'il vous plaît ? Je vous promets de les lire avec le plus grand respect.

La tête de Phoebe se renversa légèrement en arrière, comme si sa nuque était trop affaiblie pour la soutenir. Elle déglutit.

— Oui... d'accord. Rien que pour ce soir ?

Il hocha la tête et libéra sa main, puis glissa la boîte dans la poche de sa veste.

— Bonne nuit, ma chérie.

Elle lui fit la révérence.

— Monsieur le Comte, murmura-t-elle.

Elle tourna les talons et quitta le bureau, la traîne de sa robe coincée entre ses jambes comme si elle souhaitait cacher la partie de son anatomie qu'il venait de corriger. Il ressentit une étrange douleur en la regardant s'éloigner. Elle l'avait éveillée chez lui dès le début, dès la nuit où il l'avait rencontrée, et cette douleur l'avait empêché de coucher avec d'autres femmes depuis leur union, bien qu'elle lui eût donné sa liberté et qu'il ressentît une envie irrépressible de se satisfaire. Il s'était rendu dans les maisons de jeu et ses compagnons l'avaient encouragé à les accompagner au bordel, mais il n'avait pu se résoudre à aller y chercher du plaisir.

C'était sa petite épouse qu'il désirait.

Cela avait beau être insensé, elle était devenue son idée fixe. Et à présent, il avait en sa possession quelque chose qui lui permettrait de la comprendre. Il emporta la boîte en bois dans sa chambre et demanda à son valet d'allumer toutes les lampes.

Penché sur ses poèmes, il absorba sa substance. Ses écrits révélaient un profond respect pour la nature, une compréhension affûtée de la nature humaine (y compris quelques réflexions bien senties sur sa sœur), et un esprit vif. L'éclat qu'il avait vu sur son visage à la librairie rayonnait pleinement dans ses écrits. Elle déversait sa passion dans ces pages, révélant un parfait équilibre entre son côté romantique et pragmatique. Elle était aussi unique que la couleur de ses yeux, un trésor fait pour être admiré en pleine lumière. Il lit jusque tard dans la nuit, organisant et classant ses poèmes en petites piles, puis changeant l'ordre de lecture pour en examiner l'effet.

Au matin, quand il l'entendit bouger dans sa chambre, il ouvrit la porte sans frapper et entra à grands pas, apportant les poèmes classés dans l'ordre sur lequel il s'était décidé. Elle avait soulevé sa chemise de nuit et écarté la fente de ses dessous et tordait le cou pour examiner ses fesses.

— Ai-je laissé des marques ? demanda-t-il en tentant de ravaler un sourire en coin.

Dans une exclamation, elle rabattit le bas de sa chemise de nuit et se retourna, les joues encore plus rouges que son derrière la veille.

Il ne prêta pas attention à sa gêne.

— Venez, je veux vous parler de vos poèmes.

Il la prit par la main et l'assit sur ses genoux sur le lit.

— Vous ne pouvez pas entrer sans prévenir ! bafouilla-t-elle.

— Vraiment ?

Il la souleva et lui donna deux vives tapes sur les fesses, avant de la rasseoir.

— À votre place, je réfléchirais à deux fois avant de vous montrer insolente face à l'homme qui vient de vous corriger.

Elle lui jeta un regard assassin, et il sourit, admirant la pointe de ses tétons sous sa chemise de nuit.

— Un jour, je serai contraint de vous donner une fessée dans les règles de l'art, et vous n'oserez plus me tenir tête.

Toujours rougissante, elle demanda :

— Qu'est-ce qu'une fessée dans les règles de l'art ?

Amusé, il répondit :

— Une fessée dans les règles de l'art, c'est quand je vous

enlèverai vos dessous et que je vous fouetterai avec une ceinture ou une canne jusqu'à ce que vous pleuriez. C'est une véritable punition.

Elle déglutit, ce qui lui demanda visiblement un réel effort.

— Feriez-vous vraiment... Je veux dire, quels agissements pourraient justifier une telle punition ?

Il lui adressa un clin d'œil.

— Oh, il faudrait que vous soyez très vilaine.

Elle le dévisagea un moment avant de s'exclamer avec indignation :

— J'ai la nette impression que vous *aimez* donner des fessées !

Il sourit ouvertement.

— Cela est fort possible, ma colombe. Raison de plus pour obéir, n'est-ce pas ?

Elle avait vu juste ; il avait pour habitude de donner des fessées aux femmes, ou au moins de leur asséner quelques claques sur le derrière. Cette idée lui plaisait déjà avant qu'il fasse l'amour à une fille pour la première fois. Il adorait cette partie de l'anatomie féminine et adorait voir une dame allongée sur ses genoux, sentir sa chair s'enfoncer sous sa paume.

— Mais écoutez, je veux vous parler de vos poèmes.

Elle se redressa.

— Oui ?

Elle déglutit de nouveau et se reprit :

— Oui, Monsieur le Comte ?

— Ils sont superbes. Je pense que je devrais les confier à un éditeur.

Elle le regarda sans comprendre.

— Je les ai classés. Je crois qu'il y en a assez pour composer deux recueils, si nous les séparons par thèmes.

Il sortit les piles qu'il avait triées.

— Ce groupe concerne la nature, et je pense que vous pourriez trouver un titre astucieux. Celui-là touche à la nature humaine, l'art de vivre, ce genre de thèmes, et pourrait constituer un volume différent. Cette dernière pile, ce sont les poèmes qui me semblent inachevés ou trop délicats. Pas encore prêts pour la publication.

Elle continuait de le fixer du regard et ne tendit pas la main vers les piles qu'il cherchait à lui donner.

— Publiée ? Moi ? Ou vouliez-vous dire sous votre nom ?

Il lâcha un petit rire.

— Sous mon nom ? Ne soyez pas absurde. Sous votre nom, bien entendu.

— Mais qui publierait des poèmes écrits par une femme ?

— Je ne sais pas exactement, mais cela est déjà arrivé. Les écrivaines ne sont pas rares. Prenez Jane Austen, par exemple, ou Mary Shelley.

L'espoir prudent dans son expression lui serra le cœur.

— Mais... ne serait-il pas embarrassant pour vous d'avoir une poétesse pour épouse ?

— Ne dites pas de bêtises. Rien ne pourrait me rendre plus fier. Vos œuvres sont charmantes, Phoebe. Elles doivent être diffusées.

Les larmes aux yeux, elle passa les bras derrière sa nuque, l'étranglant presque dans son enthousiasme. Il l'embrassa dans le cou.

— Arrêtez, Teddy, dit-elle avec douceur.

Comme elle ne semblait pas réellement le rabrouer, il l'embrassa encore. Cette fois, elle se détacha de lui.

— Pourquoi faites-vous cela ? demanda-t-elle en le dévisageant.

— Parce que j'en ai envie, répondit-il, sa douleur familière de plus en plus forte.

Elle entrouvrit les lèvres, et il la vit poser les yeux sur sa bouche. Il se pencha lentement vers elle afin qu'elle puisse l'interrompre si elle le souhaitait. Elle bondit sur ses pieds.

— Cessez, je vous en prie.

* * *

— Bonjour ! salua-t-elle Teddy à la table du petit-déjeuner comme si elle ne venait pas de le voir dans sa chambre.

En dépit de la confusion engendrée par la... cour qu'il continuait de lui faire, son humeur était au beau fixe. Il pensait qu'elle pourrait être publiée. Lady Phoebe Fenton, poétesse. Il s'agissait de la perspective la plus enthousiasmante qui lui ait jamais été présentée.

— J'ai laissé votre boîte dans mon bureau. Je pense qu'il vaudrait d'abord mieux que vous en fassiez une copie avant que je les emporte.

— Une copie de quoi ? s'enquit Wynn.

Phoebe jeta un regard alarmé à Teddy. Elle avait été intimidée de lui dévoiler ses poèmes, et elle n'était pas prête à les partager également avec sa belle-sœur.

Teddy la couvrit avec aisance :

— Oh, nous rédigeons les invitations pour le bal. Pourriez-vous finir la liste des invités aujourd'hui, toutes les deux ?

— Bien sûr, promit Phoebe, impatiente de copier ses poèmes afin qu'il puisse les soumettre à un éditeur.

Lorsque Teddy s'apprêta à partir, il embrassa l'une de ses joues et caressa la deuxième. Il déposa un baiser sur le sommet du crâne de sa sœur et leur souhaita une bonne journée.

Wynn la regardait avec curiosité.

— Vous semblez tous les deux de bien bonne humeur, ce matin.

Phoebe se sentit rougir.

— Ce n'est rien ! s'exclama-t-elle trop vite. Enfin, oui, c'est une belle matinée. Attelons-nous aux invitations, d'accord ?

Quelle bécasse ! Elle se rabroua intérieurement. À présent, Wynn s'imaginait certainement qu'elle avait été intime avec Teddy alors qu'en réalité, il ne s'était rien passé de tel. Cette idée la mettait sur la défensive, comme si elle *aurait dû* être intime avec lui. Mais ce n'était pas ce qui était prévu, n'est-ce pas ? Céder aux avances de Lord Fenton était le meilleur moyen de finir avec un cœur brisé. Elle le savait, Wynn le savait, Kitty le savait, et si elle avait bien compris, leur mère le savait également.

Elle parvint à s'occuper des invitations, puis elle prétexta un mal de tête pour regagner sa chambre et copier ses poèmes. La journée s'écoula à toute vitesse, et le souper fut enchanteur. Lord Fenton ne disparut pas ensuite.

Rien ne semblait pouvoir ternir son bonheur, jusqu'à ce qu'elle entende une voix féminine dans la chambre de son époux.

— Il ne me semble pas vous avoir invitée, dit-il de sa voix traînante.

Invitée ? Qui dit une telle chose à une femme qui s'introduit dans sa chambre ?

— Je sais, mais vous n'étiez pas venu au bordel depuis longtemps. Vous me manquiez.

Une fille de mauvaise vie. *Maudit soit-il. Maudite soit-elle. Maudits soient-ils tous les deux.* Comment osait-il l'accueillir ici, chez lui, alors que Phoebe se trouvait dans la chambre voisine ?

— En d'autres termes, vous avez besoin de quelques sous.

— Ne vous fâchez pas, Monsieur le Comte, l'amadoua-t-elle d'une voix langoureuse. Vous m'avez déjà invitée ici.

— Oui, mais pas cette fois.

Bouillonnante de rage, Phoebe sortit de son lit, ouvrit la porte à la volée et se tint sur le seuil, les mains sur les hanches. La jeune femme était une courtisane de luxe, vêtue de satin, avec une rangée de perles autour du cou. Étonnamment, cela ennuya Phoebe davantage.

— Dehors, ordonna-t-elle d'une voix glaciale. Sortez de chez moi !

— Teddy ? S'agit-il de votre sœur ?

— Non, répondit-il d'un ton sardonique. Il s'agit de Lady Fenton, mon épouse.

Il glissa un marque-page dans le livre qu'il était en train de lire et le posa sur le lit. Il ne se leva pas, resta simplement couché, à alterner les regards entre la courtisane et Phoebe d'un air curieux et amusé.

— Je vous ai demandé de partir. Si vous n'obéissez pas, je vous ferai jeter dehors.

La gourgandine se tourna vers Teddy, comme si elle s'attendait à ce qu'il défende son droit à rester. La colère fit battre le sang aux tempes de Phoebe. Elle se dirigea à grands pas vers la prostituée, décidée à la gifler. Devinant peut-être ce qu'elle avait en tête, Teddy choisit ce moment pour se lever. Il haussa les sourcils.

— Vous avez entendu. La maîtresse de maison vous demande de partir. Vous lui obéirez. Tout de suite.

Phoebe serra et desserra les poings, serrant les dents pendant que l'autre femme s'inclinait bien bas et quittait la pièce. Lorsqu'elle eut fermé la porte, Phoebe se tourna vers Teddy avec un regard noir, ramassa un livre sur une étagère et le jeta dans sa direction.

Il l'esquiva.

— Phoebe, ceci est inacceptable.

Inacceptable ? Ce qui était inacceptable, c'était de faire monter une fille de mauvaise vie dans sa chambre. Elle ramassa un autre livre et le jeta.

— Ça suffit. Reposez cela, ordonna-t-il d'un ton tranchant lorsqu'elle brandit un miroir.

La satisfaction de casser des objets était trop forte. Elle jeta le miroir contre le mur, déçue de la voir se casser en quelques morceaux au lieu de voler en éclats. La tabatière en argent de Teddy tenait dans sa main comme une lourde pierre, et elle la jeta sur lui avant d'avoir pu réfléchir à son geste. Elle le frappa à la tête dans un bruit sourd qui lui fit serrer les dents. Elle poussa une exclamation et plaqua une main sur sa bouche, la brûlure de sa colère soudain glacée.

Il vacilla en arrière, lâcha un juron et se cogna dans le mur, plié en deux avec une main sur le front.

— Pardonnez-moi, murmura-t-elle.

La peur courait dans ses veines, lui glaçant les mains. Elle lui avait fait mal, très mal. Elle s'en voulait terriblement. Elle n'avait pas voulu le blesser. Quelle serait sa réaction ? Se montrerait-il violent ?

Il se redressa avec un autre juron, la main toujours sur son front, d'où s'écoulait un filet de sang. Mais il ne semblait pas en colère. Sans tout ce sang, il aurait paru aussi nonchalant que lorsqu'elle était entrée dans sa chambre pour chasser la prostituée. Il sortit un mouchoir de sa poche et essuya son front et sa paume tachés de sang.

— Je vais vous le faire payer, Phoebe, annonça-t-il froidement.

Ces mots résonnèrent contre les murs et dans sa tête alors qu'elle les digérait. Pourquoi avait-elle tant de mal à déterminer s'il était sérieux ?

— Apportez-moi mon cuir à rasoir, ordonna-t-il en indiquant la commode à côté d'elle, effaçant ses derniers doutes quant à sa sincérité.

— Non ! s'exclama-t-elle aussitôt, horrifiée.

Il haussa un sourcil.

— Admettrez-vous que vous avez été très vilaine ?

Elle jeta un regard à l'entaille sur son front, qui formait déjà une grosse bosse. Elle se sentait terriblement coupable de lui avoir fait du mal. Ses épaules se voûtèrent.

— Oui, Monsieur.

— Dans ce cas, apportez-moi le cuir.

Elle alla le chercher dans la commode et traversa la pièce, puis lui tendit brusquement le cuir comme une enfant capricieuse. Il s'en saisit, l'expression parfaitement impassible.

Un sanglot monta dans la gorge de Phoebe. Elle se couvrit la bouche, les larmes aux yeux. En un battement de cils, elle se retrouva dans ses bras, serrée contre son torse chaud.

— Je sais que vous êtes bouleversée, murmura-t-il avec une gentillesse surprenante. Et je vais vous permettre... non, je vais insister pour que vous me confiiez ce que vous avez sur le cœur.

Il lui caressa le dos et ajouta :

— Mais avant, nous devons nous occuper de votre insolence.

Elle ne voulait pas quitter ses bras. Il la mena jusqu'au lit et la coucha sur ses genoux, un oreiller glissé sous son buste. Elle semblait incapable de retenir ses larmes.

— Qu'avais-je promis de vous faire si vous étiez vilaine ?

Toujours sanglotante, elle ne répondit pas. Elle le sentit soulever sa chemise de nuit, dévoiler ses jambes.

— Alors, qu'avais-je dit ? répéta-t-il avec douceur.

Allait-il vraiment l'obliger à le dire ? Elle prit une grande inspiration.

— Que vous enlèveriez mes dessous et que vous me fouetteriez jusqu'à ce que je pleure.

— C'est exact. Je suppose que pour les pleurs, c'est déjà fait, n'est-ce pas ? dit-il d'un ton songeur, sans méchanceté.

Ses doigts cherchèrent ses dessous et tirèrent dessus. Phoebe, qui s'était déjà sentie honteuse la veille lorsqu'il avait simplement écarté la fente de ses dessous, était dans tous ses états. Pleinement dévoilée aux yeux de Teddy, elle ne s'était jamais sentie aussi vulnérable. Elle serra les fesses comme si cela pouvait la protéger de la lanière de cuir.

— Je vous en prie, l'implora-t-elle.

Il traça un cercle entre ses omoplates.

— Chut. Tout va bien, ma colombe. Ce n'est qu'une fessée.

Ses mots la rassurèrent, et une partie de sa panique s'évapora face au calme de sa voix. Elle n'y détectait aucune colère, seulement l'assurance dont il faisait toujours preuve.

— Et si nous disions vingt coups ?

Elle s'agrippa à l'oreiller sous son buste et serra les paupières.

— Oui, Monsieur, murmura-t-elle. Oui, Monsieur le Comte.

La morsure du cuir fut plus vive qu'elle l'avait imaginée, et tout son corps se contracta malgré la promesse qu'elle s'était faite de rester stoïque. Un nouveau sanglot quitta ses lèvres, mais fut brusquement interrompu lorsqu'il lui asséna un deuxième coup. Ce n'est qu'après le troisième coup qu'elle respira enfin. Il remontait lentement le long de ses fesses, là où la chair était plus sensible. Cinq coups en montant, cinq en descendant. Elle mordit la courtepointe, pleura dedans, les fesses enflammées par la douleur. Tendue, elle attendit la nouvelle série de dix coups, mais sentit au contraire la main de Teddy caresser sa peau meurtrie. Elle sursauta, bien que sa caresse fût douce.

* * *

— Phoebe, dit-il avec douceur. Souhaitez-vous revenir sur notre arrangement ? Celui que vous avez proposé le jour de notre mariage ?

— Non ! s'exclama-t-elle aussitôt.

Il frappa ses fesses, avec sa main cette fois. Il lui avait promis vingt coups de cuir à rasoir, mais avait été incapable de dépasser les dix.

— Mauvaise réponse, mon amour, dit-il avant de se mettre à la fesser en rythme. J'ai du mal à croire que cela soit votre souhait, compte tenu de votre réaction lorsqu'une femme s'introduit dans ma chambre.

Il interrompit la fessée pour la caresser à nouveau.

— Me trompé-je ?

Elle ne répondit pas. Il lui donna trois nouvelles claques.

— Que désirez-vous, ma colombe ?

— Je ne veux pas que vous fréquentiez ma sœur !

Il s'interrompit, étonné. Croyait-elle qu'il poursuivait sa liaison avec Maud ? Cela lui faisait-il peur ? Il lui asséna cinq nouveaux coups sur les fesses, secouant la tête, abasourdi. Sa jalousie lui faisait plaisir, même s'il regrettait qu'elle lui cause tant de chagrin.

— Je vous promets de ne plus jamais revoir votre sœur. Quoi d'autre ?

— Je ne veux pas que vous fassiez venir des femmes ici, dit-elle en reniflant.

— Comme vous voudrez. Je n'amènerai jamais, au grand jamais, de femme chez nous. Quoi d'autre ?

— Je ne veux pas que vous fréquentiez d'autres femmes tout court, gémit-elle en pleurant à chaudes larmes.

Il s'interrompit de nouveau. Il la souleva avec douceur, l'assit sur ses genoux et chassa les cheveux qui lui tombaient sur le visage pour essayer de croiser son regard. Elle résista et enfouit la tête dans son épaule.

— Vous désirez que je sois un époux fidèle, clarifia-t-il d'une voix douce.

Elle resta immobile un long moment, puis hocha la tête contre lui.

— Et vous partagerez ma couche ?

La respiration de Phoebe s'emballa, mais elle acquiesça encore, relevant cette fois la tête, les yeux néanmoins fixés sur son torse et non sur son visage.

Il lui souleva le menton. Quand leurs regards se croisèrent, il esquissa un sourire.

— Cet arrangement me conviendrait beaucoup mieux, ma chérie.

Il s'empara de ses lèvres, les caressa avec les siennes, les écarta avec sa langue. Elle accepta son baiser, mais ne le lui rendit pas. Il caressa l'un de ses seins, puis son téton dressé, remarquant qu'elle se cambrait pour en redemander. Il souleva le bas de sa chemise de nuit et glissa la main sous le tissu pour caresser la peau nue de son sein, ravie de l'entendre retenir son souffle. Il embrassa la courbe élégante de sa clavicule, jusqu'au creux de sa gorge et sa joue, puis il souleva la chemise de nuit au-dessus de sa tête. Elle devint aussitôt timide, couvrant sa poitrine avec ses avant-bras, courbée sur ses genoux.

— Venez, mon amour. Glissez-vous sous les draps. Je vais éteindre la lumière pour que vous ne vous sentiez pas trop exposée.

— Merci, murmura-t-elle avant d'obéir.

Il la regarda se faufiler jusqu'à la tête de lit, ses fesses marquées par sa punition l'appelant à elles. Il éteignit les lampes et se glissa à son tour sous les draps. Elle tremblait sous ses doigts, mais il s'aperçut qu'il ne s'agissait pas de désir, sinon de peur. Raidie, elle acceptait ses caresses, mais ne se détendait pas.

Sa demande d'une union non traditionnelle provenait-elle d'une peur du sexe ? Il avait cru qu'elle doutait uniquement de sa capacité à être un bon époux. À moins qu'elle ne l'aime pas, et qu'elle n'ait aucune envie de se donner à un homme qu'elle connaissait à peine. Il descendit sous les draps et lui écarta les cuisses. Elle haleta et tenta de serrer les jambes, mais il les maintint en place et lécha ses replis veloutés. Son sexe s'engorgea, bien qu'elle agitât les jambes. Il inséra un doigt en elle et découvrit qu'elle était trempée. Elle poussa un cri de surprise et tenta de se dégager.

— Du calme, du calme, mon amour. C'est agréable, n'est-ce pas ? Détendez-vous. Je promets de ne pas vous faire de mal, ma colombe.

Il se mit à aller et venir lentement avec son doigt tout en suçotant le bouton de plaisir à la jonction entre ses petites lèvres. Elle s'agrippa à sa main et frémit, un orgasme bref et contenu, mais un orgasme quand même. Il accepta cette modeste victoire. Il lui embrassa le ventre pour remonter jusqu'à ses seins, qu'il pétrit tout en lapant un téton. Elle gémit et se tortilla sous les draps, cambrée contre lui, mais tout en prenant ses distances.

Il glissa une main entre ses jambes et s'aperçut qu'elle n'était plus mouillée. Il l'embrassa dans le cou et la serra dans ses bras. Cela suffisait pour cette nuit. C'était la première fois de Phoebe, et elle était nerveuse. Nul besoin de la presser.

Elle resta raide comme une planche à ses côtés, puis sembla s'apercevoir qu'il avait renoncé à la conquérir.

Il l'entendit déglutir dans l'obscurité.

— Monsieur le Comte ? Pourquoi n'avez-vous pas continué ?

— Vous n'étiez pas prête, ma colombe. Nous irons pas à pas, afin d'être sûrs que cela vous plaira.

D'un ton sec et susceptible, elle répliqua :

— Comment saurez-vous que je suis prête ?

Il sourit dans le noir.

— Votre corps émet des signaux.

— Il… comment ? Vraiment ?

Il rit et traça le contour de son oreille avec son doigt.

— Oui. Quand une femme est prête, son sexe s'ouvre comme une fleur. Il se gonfle et devient moite, pour faciliter l'entrée. Je pourrais vous pénétrer sans cela, mais ce serait beaucoup plus douloureux pour vous.

Elle semblait stupéfaite.

— Oh. Je… je ne savais pas.

Puis elle le surprit en fondant en larmes.

— Phoebe. Phoebe, ma douce. Ne pleurez pas, ma colombe.

Il roula sur son corps.

— Ne pleurez pas, ma petite bécasse, sinon je vous lécherai, la menaça-t-il en lui donnant un coup de langue de la mâchoire à la tempe.

— Beurk ! s'exclama-t-elle en essayant de tourner la tête, riant malgré ses larmes.

— Plus de pleurs, sinon je vous laperai tout le visage.

— Vous êtes incorrigible.

— Mmm, c'est ce que me disait toujours ma mère, commenta-t-il d'un ton léger.

CHAPITRE QUATRE

a honte lui brûlait la gorge tandis qu'elle reposait dans les bras de Teddy et écoutait son souffle devenir plus profond. Elle s'était crue capable de le faire, elle en avait eu envie – grand Dieu, comme elle en avait eu envie ! Et il lui avait juré fidélité !

Mais c'était impossible. Elle ne cessait de repenser à Reddington, qui l'avait rejointe dans la bibliothèque pendant que Maud était sortie. Dès qu'il avait fermé la porte derrière lui, elle avait compris que quelque chose n'allait pas. Depuis qu'elle était revenue vivre chez eux après avoir fini l'école, il la regardait avec concupiscence. Elle s'était levée de son fauteuil.

— Phoebe, avait-il dit. Vous êtes devenue une jolie jeune femme.

— Merci, Monsieur.

Elle lui avait fait la révérence avant de reculer.

— Je crois même que vous êtes désormais encore plus belle que Maud.

Sa voix avait pris une note dangereusement veloutée tandis qu'il s'avançait vers elle.

— Oh, je ne pense pas ! avait répondu Phoebe.

Il l'avait saisie par les bras et avait claqué la langue.

— Ne me contredisez pas. Vous êtes ravissante. J'aimerais vous voir tout entière.

— Mais vous ne pouvez pas ! s'était-elle exclamée, paniquée.

Sans se formaliser, il avait répondu :

— Vraiment ? Je ne m'emparerai pas de votre vertu, je souhaite simplement jeter un œil.

L'une de ses grandes mains avait plongé sous sa robe pour en sortir un sein.

— Non ! Non, Monsieur. Je vous en prie !

Elle avait vite réalisé qu'il n'y avait pas d'échappatoire. Reddington était son tuteur. Si elle le fâchait, il pourrait la jeter dehors, et comme ses parents étaient morts, elle n'avait nulle part où aller.

Alors elle l'avait laissé faire. Il n'avait pas pris sa vertu, mais il avait posé ses sales pattes sur sa poitrine et avait glissé les doigts dans ses dessous, et elle avait eu beau se débattre pour qu'il n'accède pas à son sexe, il était parvenu à le toucher. Cela avait été terrible. Et elle avait compris que si elle ne quittait pas sa demeure, il recommencerait.

Les caresses de Teddy avaient été pleines de douceur – expertes, elle n'en doutait pas –, mais elles lui avaient malgré tout rappelé Reddington. Elle ne parvenait pas à donner sa confiance, à offrir son corps à un homme. En plus, en dépit de son serment de fidélité, il était évident que personne ne s'attendait à ce qu'il tienne parole. Si elle s'était donnée à lui, il aurait fini par lui briser le cœur. Il n'était pas digne de confiance.

Mais elle ne lui en parlerait pas tout de suite. L'espace d'une nuit, elle voulait dormir dans son lit et savoir ce que cela faisait, d'être une épouse.

Son sommeil fut agité, car elle n'avait pas l'habitude de

sentir un autre corps auprès du sien, mais elle aimait sentir le poids de sa main sur sa taille, entendre son souffle devenir plus profond. Lorsqu'il se réveilla, elle tenta de se précipiter hors du lit, mais fut retenue par deux mains qui la tirèrent en arrière.

— Où croyez-vous aller ?

— Au petit coin ?

Il la lâcha.

— Bon, très bien. Mais je ne veux pas que vous regagniez votre terrier comme un lapin apeuré.

— Un lapin apeuré ? s'exclama-t-elle avec indignation, en lui frappant l'épaule du plat de la main.

Il lui donna une claque sur les fesses tandis qu'elle s'éclipsait, et elle ne put s'empêcher de glousser. Avec de telles taquineries, il lui était impossible de déclamer le discours qu'elle avait révisé en silence. Elle devrait lui en parler plus tard, après son retour du Parlement. Ainsi, ils auraient pris leurs distances.

Mais quand il rentra ce soir-là, il était d'excellente humeur et la salua d'un baiser sur les lèvres, une main sur la nuque pour la serrer contre lui. Phoebe devint toute chose et sa détermination s'envola.

— J'ai quelque chose pour vous, ma colombe, annonça Teddy en tapotant la poche de sa veste. Mais vous devrez attendre la fin du souper.

— Il vous fait languir, n'est-ce pas ? lança Wynn en les observant.

Phoebe s'empourpra. Elle avait prévu de parler à Teddy

avant que quiconque s'imagine qu'ils formaient un véritable couple.

Elle eut l'estomac serré durant tout le dîner, jetant des regards en coin à son superbe époux, regrettant déjà ce qu'elle ne pouvait avoir. À la fin du repas, Teddy lui adressa un sourire radieux.

— Êtes-vous prête pour votre cadeau ?

Avec l'impression d'étouffer dans sa robe à manches longues malgré la fraîcheur de l'automne, elle se tordit les mains.

— Oui. Non... Enfin, pourrais-je vous parler en privé ?

Teddy haussa un sourcil suggestif.

— Ma chambre ou la vôtre ?

— Teddy ! le rabroua Wynn.

— Pourquoi pas votre bureau ?

— Comme il vous siéra, dit-il d'un ton guilleret en lui tendant le bras pour l'escorter.

Elle s'en saisit, et il lui adressa un grand sourire, provoquant une nouvelle vague de chaleur en elle, en son centre, cette fois. Il ferma la porte derrière eux et la mena jusqu'au sofa, s'y asseyant avant de l'installer sur ses genoux.

— Dois-je vraiment m'asseoir sur vos genoux ?

— Préférez-vous que je vous y allonge ?

Cette image fit fourmiller la chair de ses fesses et provoqua une étrange contraction entre ses jambes.

— Teddy, je vous en prie ! Je dois vous parler d'un sujet sérieux, et je n'y parviendrai pas si... Je préférerais ne pas m'asseoir sur vous.

Il rit, détendu, et l'aida à se lever, avant de tapoter le coussin de velours à côté de lui. Elle s'y assit et serra les genoux.

— Le cadeau d'abord, insista Teddy en sortant de sa poche une longue boîte rectangulaire nouée avec un ruban jaune.

— Qu'est-ce ?

— Ouvrez-le.

Son enthousiasme juvénile était encore plus charmant que son côté séducteur habituel.

Elle tira sur une extrémité du ruban et ouvrit la boîte, s'attendant à y trouver un collier ou un bracelet. Au lieu de cela, il contenait une magnifique plume en écaille de tortue, semblable à la sienne.

— J'ai remarqué que vous aviez cassé ma plume, et quand je suis allé la faire réparer, je me suis dit qu'en tant qu'écrivaine de la famille, vous méritiez d'avoir la vôtre.

— Oh, Teddy ! s'exclama-t-elle, bouleversée. C'est si attentionné de votre part. Merci !

Elle avait l'impression que sa poitrine allait exploser. Ce cadeau valait mille fois mieux qu'un bijou. C'était précisément l'objet qu'elle avait le plus admiré dans la demeure bien fournie de Teddy. Songer qu'il la connaissait suffisamment pour lui choisir le présent idéal... eh bien, cela l'émouvait.

Teddy devait l'avoir cernée, comprise pour ce qu'elle était réellement. De toute sa vie, personne n'avait jamais prêté attention à elle. Ses parents étaient comme Maud : nombrilistes. Elle avait noué quelques amitiés à l'école, mais ses camarades ne pensaient qu'à se dégoter un mari ou à parler chiffons, et elle s'était sentie comme un poisson hors de l'eau, préférant lire, rêvasser ou écrire des poèmes.

Non seulement Teddy la voyait pour ce qu'elle était, mais il devait également l'estimer, car dans le cas contraire, il ne la soutiendrait pas ainsi.

— Je l'adore, murmura-t-elle, les lèvres tremblantes, la vision floue. Oui, je l'adore.

Il passa un doigt sur sa bouche, puis l'embrassa doucement. Elle n'aurait pas dû le laisser faire, mais elle était incapable de se dégager. Elle avait envie de revivre le sentiment de légèreté qu'il avait créé en elle. Mais non. Elle se secoua et recula vivement en battant des paupières. Elle dut prendre sur elle, se repasser en mémoire l'image des mains répugnantes de Reddington sur son corps pour rester résolue.

— Teddy, écoutez. J'ai changé d'avis. Encore. Et j'en suis navrée.

Il croisa ses jambes élégantes et plaça un bras sur le dossier du sofa, autour de ses épaules.

— Qu'y a-t-il, mon amour ?

— Je veux revenir à notre arrangement précédent. Celui où vous fréquentiez d'autres femmes et où nous dormions chacun dans notre chambre.

Il décroisa les jambes et s'assit plus droit.

— Comment ? demanda-t-il d'un ton tranchant. Pourquoi ?

— Qu'importe la raison, ceci est mon souhait.

Il secoua la tête.

— Ce n'est pas le mien.

Elle fronça les sourcils et inspira. Elle ne s'était pas attendue à ce qu'ils se querellent.

— Vous aviez promis de tout faire pour me rendre heureuse, n'est-ce pas ? C'est cela qui me rendra heureuse.

— Pourquoi ?

— Il s'agit de ce que je souhaite, d'accord ? dit-elle d'un ton sec.

— Non.

Comme lorsqu'il l'avait fessée, elle eut du mal à réconcilier l'image du gentilhomme nonchalant et affable avec celle du comte autoritaire. Soudain, elle se sentit aussi impuissante que lorsqu'elle vivait avec Maud et Reddington.

— Voulez-vous me priver de mon choix ? demanda-t-elle, la voix brisée.

* * *

— Non, bien sûr que non ! répondit-il avec irritation avant de se lever pour faire les cent pas. Jamais je ne prendrais une femme contre son gré. Mais je veux comprendre pourquoi. Craignez-vous que je ne vous sois pas fidèle ?

— Qu'importe la raison !

Phoebe se leva à son tour, les mains nouées à hauteur de son nombril.

La poitrine serrée, il réalisa combien le fait qu'elle se donne ainsi la veille avait compté pour lui. Que dissimulait-elle derrière sa bravade ? Il percevait sa détresse, mais il ne savait pas comment l'apaiser. Il traversa la pièce et la saisit par les épaules.

— Craignez-vous d'avoir mal ? demanda-t-il avec douceur.

Elle se balança d'un pied sur l'autre, la poitrine soulevée dans un rythme saccadé, comme si son corset l'empêchait de respirer. Il la maintint fermement de peur qu'elle s'évanouisse.

— Je vous ai promis de ne pas vous faire de mal. J'irai très lentement, et je n'insisterai pas si vous n'êtes pas prête.

Elle frémit sous ses mains.

— Je vous en prie, lâchez-moi, murmura-t-elle, les yeux brillants de larmes.

Il s'exécuta.

— Phoebe…

Mais elle avait déjà tourné les talons pour s'enfuir, se faufilant par la porte et la refermant avant qu'il puisse poursuivre.

Le serrement dans sa poitrine se fit encore plus écrasant, comme si une énorme pierre reposait sur son cœur, et il jeta des regards aux quatre coins de la pièce comme si la clé du mystère pouvait se trouver parmi ses livres ou ses documents. La petite boîte renfermant la plume reposait sur le sofa, là où elle l'avait abandonnée. Il la ramassa et la fit tourner entre ses doigts.

Ne l'aimait-elle donc pas ? Avait-elle peur de faire l'amour ? Ou doutait-elle de sa fidélité ?

Après tout, comment osait-il lui jurer fidélité alors que sa liaison la plus longue avait duré cinq mois et demi ? Pourtant, il n'avait encore jamais ressenti une telle chose pour une femme. Elle le captivait pleinement. Il ne pensait qu'à elle, et pas un instant de chaque jour ne passait sans qu'il se remémore l'une de ses phrases, ou son visage lorsqu'elle était détendue, ou une strophe de l'un de ses poèmes. Pour une fois, son attirance n'était pas seulement physique. D'ailleurs, lui qui s'était jusque-là tenu à distance des jeunes femmes vierges, il se fichait de ses prouesses au lit – même s'il brûlait de désir pour elle.

Il n'avait aucune certitude, mais il pensait qu'avec Phoebe, les choses pourraient être différentes. Il n'était pas condamné à reproduire les erreurs de son père et à être malheureux en amour. Mais... et s'il se trompait ? Et s'il brisait le cœur de la seule femme qu'il avait... aimée ? C'était la vérité. Il l'aimait. Il l'aimait dans toutes ses contradictions : sa douceur et sa colère, sa passion et sa tempérance. Il aimait son intelligence, sa personnalité riche. Il aimait l'avoir chez lui, à ses côtés. Il voulait la posséder tout entière : corps et âme.

Mais quelle importance ? Elle refusait de partager cela avec lui. Il semblait incapable de gagner sa confiance. Peut-être parce qu'il n'en était pas digne.

Malheureux comme les pierres, il emporta la plume dans sa chambre et demanda à son valet de la transmettre à la femme de chambre de Phoebe au plus vite. La sensation d'écrasement dans sa poitrine ne le quitta pas. Il passa les semaines suivantes dans le brouillard, et tandis que sa sœur et Phoebe organisaient leur bal, il se réfugiait dans les salons de jeux.

L'arrivée de sa mère l'obligea toutefois à faire bonne figure. En rentrant un soir, il la trouva dans le salon avec Wynn et Phoebe, et il lui ouvrit grand les bras, un large sourire au visage.

— Mère, ma chère maman !

Elle se leva en riant.

— Voyez ce que vous dites ! « Maman ». Mon petit chenapan !

Il l'embrassa sur les deux joues avant de la serrer dans ses bras.

— Bien sûr que je reste votre petit chenapan. Asseyez-vous, vous devez être épuisée.

Il l'aida à se rasseoir dans son fauteuil et il s'accroupit auprès d'elle sans lui lâcher la main.

— Crandall a bien pris soin de vous lors du trajet ?

— Oui, oui, vous savez bien que oui. Asseyez-vous, Teddy.

Il porta sa main à ses lèvres et l'embrassa, avant de se lever et de donner une bise à Wynn et à Phoebe.

— Je constate que vous avez rencontré ma ravissante épouse ?

Sa mère le regardait avec curiosité.

— En effet. Et elle est absolument charmante.

Il hésita, se demandant si les jeunes femmes lui avaient déjà dévoilé la vérité. Mieux valait le faire au plus vite.

— Vous ont-elles raconté comment je l'ai piégée pour en faire ma femme ? demanda-t-il d'un ton léger.

— Non, je n'ai pas encore entendu cette anecdote. Je vous en prie, asseyez-vous et dites-moi tout.

Il jeta un regard à Wynn, qui haussa vaguement les épaules. Il tira un siège près de celui de sa mère et s'installa, prenant sa main pour la poser sur ses genoux.

— Eh bien, figurez-vous que non contente d'être une dame pleine de talents impressionnants, mon épouse tient également le rôle de chevalier servant !

Il vit Phoebe lever les yeux au ciel en souriant, et il lui adressa un clin d'œil.

— Il se trouve que j'étais occupé à faire porter des cornes au mari de sa sœur, quand ledit mari est rentré chez lui. La charmante Phoebe a prétendu que j'étais en réalité son amant. Alors voyez-vous, ayant ruiné sa réputation pour me sauver du pistolet braqué sur moi, elle n'a eu d'autre choix que d'endosser le titre de Lady Fenton et de s'en satisfaire.

— Oh, Teddy, lui dit sa mère.

Il entendait la déception dans sa voix, et cela lui fit autant de mal qu'il l'avait anticipé.

— Je sais, Mère. Je sais.

Il jeta un coup d'œil à travers la pièce et croisa le regard de Phoebe, ses beaux iris couleur de bleuet mis en valeur par sa robe bleu foncé. L'espace d'un instant, un message passa entre eux, le regret de Teddy, et, peut-être, le pardon de Phoebe. Elle lui adressa un petit sourire et il perdit le fil de ses pensées, seulement désireux de la prendre dans ses bras, de l'avoir pour épouse. Une véritable épouse. Sauf que ce n'était pas ce qu'elle souhaitait.

— Phoebe a demandé que notre union serve uniquement à sauver les apparences. De ce fait, nous conservons chacun certaines... libertés.

La tristesse sur le visage de sa mère lui était insupportable. Il se leva et fit les cent pas dans la pièce. Comme personne ne prenait la parole, il se tourna vers les trois dames et annonça en s'inclinant :

— Je vais me rafraîchir avant le souper. Je vous retrouve à table.

* * *

Maud et Reddington seraient présents à la réception. Les autres invités ne lui importaient guère, mais revoir son ancienne famille lui nouait l'estomac. Maud ne lui avait pas rendu visite une seule fois depuis son mariage. Pas une seule fois. Elle lui avait envoyé quelques lettres suggérant à Phoebe de lui rendre visite, mais cette dernière était incapable de retourner dans cette demeure. Elle avait répondu poliment, sans donner suite à l'invitation de sa sœur, mais en lui assurant qu'elle était la bienvenue chez elle. Bien sûr, Maud n'était jamais venue.

À présent, face au miroir tandis que sa femme de chambre plaçait dans ses cheveux un diadème serti de perles apporté par la comtesse douairière, Phoebe ne pensait qu'à cela. Elle portait une robe de soie couleur lavande. Le col dévoilait ses épaules, et ses manches bouffantes se resserraient juste sous le coude, où elles rejoignaient ses gants. Teddy lui en avait offert de nouveaux, blancs, et sous ses jupons, elle portait des bottines de vélin assorties. Des rubans de la même teinte lavande étaient noués autour de ses manches et dans le creux de ses reins. La taille descendait dans un V plongeant pour mettre en valeur sa taille corsetée.

La vie qu'elle avait quittée contrastait nettement avec celle qu'elle menait désormais dans la demeure confortable de Lord Fenton. Ici, tous ses souhaits étaient exaucés. Phoebe était la maîtresse de maison, après tout, même si elle ne s'était pas réellement emparée de ce rôle. Mais elle n'avait pas besoin de se justifier chaque fois qu'elle demandait à prendre un bain, ni de demander la permission pour boire du chocolat chaud. Wynn et elle avaient leur propre calèche à disposition pour rendre visite à leurs amis ou faire des achats, et Fenton lui avait ouvert des comptes dans plusieurs boutiques de Bond Street. Mais ce n'était pas sa fortune qui faisait la différence. Reddington aussi était richissime : il était simplement peu partageur. À moins qu'il ait pris plaisir à régenter sa vie en la privant de tout.

Elle ne voulait plus le revoir. Comment se comporterait-il ? Que lui dirait-il ? Se montrerait-il courtois, comme si rien ne s'était passé ? La lorgnerait-elle comme il avait coutume de le faire ?

Teddy l'attendait sur le seuil, plus élégant que jamais dans son costume noir taillé sur mesure et son foulard blanc. Il semblait troublé depuis qu'elle lui avait dit vouloir revenir à leur précédent arrangement, et à présent que sa mère était parmi eux, il paraissait même tourmenté. La déception de la comtesse douairière était palpable, bien qu'elle ne soit pas dirigée contre Phoebe, mais plutôt contre lui.

La dévotion de Teddy envers sa mère était touchante : il s'agenouillait à ses côtés, lui tenait la main, était attentif à ses moindres besoins. C'était cette affection qui avait ému Phoebe au bal des Reddington, quand il avait consolé sa sœur. Sa capacité à entretenir des relations aussi tendres semblait en décalage avec ses badinages. Leur famille était de toute évidence très aimante, mais l'on percevait également l'ombre d'une tragédie partagée. Au début, Teddy et Wynn avaient envisagé d'épargner à leur mère les circonstances de son mariage avec Phoebe, et pourtant, la comtesse douairière n'avait pas paru scandalisée. En fait, elle semblait plutôt s'être attendue à une telle union pour son fils. Phoebe ne savait pas qu'en penser.

— Pour vous, lui dit Teddy.

Il sortit de sa poche une rangée de perles assorties à son diadème. Cela lui plaisait qu'il ne l'ait pas placée dans une boîte pour en faire tout un rituel, car ainsi, le cadeau qu'il lui avait fait avec la plume paraissait encore plus hors du commun.

— Vous permettez ? demanda-t-il avec une courtoisie et des manières parfaites.

Elle se tourna pour lui offrir sa nuque et sentit ses manches effleurer sa peau tandis qu'il attachait le fermoir avec adresse. Elle se figea en sentant ses lèvres effleurer brièvement son cou. Cela lui provoqua un frisson de plaisir et une chaleur monta entre ses jambes tandis qu'elle raidissait le dos pour masquer sa réaction. Elle soupira et pivota afin de prendre Teddy par le bras.

— Vous êtes ravissante, dit-il d'une voix grave et profonde qui résonna aux tréfonds de son être. Cette robe fait ressortir la teinte violette de vos yeux.

Elle baissa les cils, soudain timide. Ses compliments n'auraient pas dû lui faire un tel plaisir, mais elle n'y pouvait rien. L'espace d'un instant, elle s'imagina qu'il s'agissait d'un prétendant venu lui faire la cour et s'autorisa à se réjouir de ses attentions. Elle huma son odeur masculine et coula des regards discrets à la beauté de ses traits. Elle s'imagina qu'ils commençaient tout juste à se tourner autour, au lieu de former un couple marié ne partageant pas la même couche.

Ils descendirent et elle prit place à ses côtés pour accueillir leurs invités, tout en faisant de son mieux pour associer les noms aux bons visages et mettre en pratique ses cours d'étiquette. Maud et Reddington firent leur entrée, et elle se raidit, mais avec son aplomb habituel, Teddy leur souhaita la bienvenue et s'en défit dans le même souffle.

— Ah, mes nouveaux beau-frère et belle-sœur, dit-il en s'inclinant. Soyez les bienvenus. Nous sommes ravis que vous puissiez vous joindre à nous. Le groupe va commencer à jouer, si vous souhaitez danser.

Une fois la majeure partie des invités présents, Teddy mena Phoebe dans une valse, la serrant contre lui tandis qu'il exécutait gracieusement cette danse à trois temps. Son corps était puissant contre le sien, et la chaleur de sa main sur son dos la faisait fondre. Lorsque la danse s'acheva, elle en fut désolée, car pour la première fois de la soirée, elle dut le quitter, et elle se sentit momentanément perdue.

Désireuse d'échapper à la foule, elle s'éclipsa dans sa chambre pour demander à sa femme de chambre de remplacer quelques épingles tombées de ses cheveux. Lorsqu'elle quitta la pièce, elle s'arrêta net. Reddington se tenait sur le seuil, les traits menaçants. Elle recula en poussant une exclamation, mais comme elle ne voulait pas que sa femme de chambre les entende, elle ferma la porte derrière elle.

— Est-il au courant ? demanda-t-il à mi-voix.

Elle tenta de maîtriser sa respiration pour ne pas s'évanouir à cause de son corset serré.

— Au courant de quoi ? parvint-elle à demander.

— De ce qui est arrivé entre nous.

Elle en avait le tournis. S'imaginait-il qu'ils avaient été *amants* ? Son esprit tordu voyait-il ce qu'il lui avait fait subir comme une sorte de *liaison* ? Plus important encore, que devait-elle répondre ? Elle ne voulait pas entrer dans son jeu, mais elle ne voulait pas non plus que Reddington révèle la nature de leur relation passée à Teddy. Réalisant que cette deuxième proposition était la plus importante à ses yeux, elle souffla :

— Non. Il ne sait rien. Et je n'ai pas l'intention de le lui dire.

— Comment avez-vous pu... commença Reddington.

Il s'interrompit brusquement au son d'un raclement de gorge.

Elle leva les yeux et son cœur s'arrêta. Teddy se tenait en haut des marches, son visage pâle contrastant avec ses yeux noirs tandis qu'il les observait. Juste ciel, qu'avait-il entendu ?

— Teddy ! s'exclama-t-elle en se précipitant vers lui. Je vous cherchais, justement.

* * *

— Vraiment ? demanda Teddy d'un ton machinal.

Il la laissa tout de même le prendre par le bras et il la mena au rez-de-chaussée. Il avait du mal à respirer. Il ne s'était encore jamais trompé à ce point sur une personne.

Phoebe et Reddington.

Il aurait dû s'en douter, mais il n'avait rien vu. Il comprenait mieux que Reddington se soit mis dans une telle rage contre elle en trouvant Teddy chez lui. Phoebe devait profondément l'aimer. Trop pour continuer à vivre sous son toit alors qu'il était marié à sa sœur. Elle avait saisi l'occasion de s'éloigner, mais Seigneur, Teddy s'était fait avoir ! Pas étonnant qu'elle refuse de consommer leur union si son cœur appartenait à un autre homme !

Quand ils atteignirent la table des rafraîchissements, il lui tendit une flûte de champagne avant de vider la sienne d'un trait. Les mains de Phoebe tremblaient tellement qu'elle renversa le liquide sur sa robe en essayant de porter le verre à ses lèvres. Lorsqu'elle croisa son regard, ses yeux débordaient de larmes.

Il avait l'impression qu'une fissure gigantesque le scindait en deux, mais il ne pouvait pas en vouloir à Phoebe. Elle n'avait jamais prétendu l'aimer, bien qu'elle l'ait piégé pour qu'il l'épouse. Coincée dans une situation pénible, elle s'était servie de lui comme d'une porte de sortie. Mais il n'oubliait pas pour autant qu'elle l'avait tiré d'un mauvais pas. Ils étaient chacun redevable envers l'autre. Ou bien ils étaient quittes, désormais.

— Tout va bien, ma colombe. Attendez.

Il sortit son mouchoir et épongea le champagne sur sa robe.

— Tout ira bien, insista-t-il.

Elle sonda son regard, comme pour déterminer s'il parlait de la robe ou de leur mariage factice. Elle ouvrit la bouche pour parler, puis la referma sans un mot.

— Merci, finit-elle par murmurer d'un air malheureux.

Elle lui prit le mouchoir des mains et baissa les yeux sur sa robe pour se concentrer sur les taches de champagne.

Il était capable de lui pardonner, capable d'éprouver de la compassion pour elle, mais il ne pouvait pas rester à ses côtés pour l'instant, car la douleur dans sa poitrine grandissait un peu plus chaque minute.

— Voulez-vous m'excuser ?

Elle leva les yeux, le visage assombri par l'inquiétude, mais elle répondit aussitôt :

— Oui, bien sûr.

Il se dirigea vers son bureau, invitant Maury Stanley, son ami d'enfance et le frère de Kitty, à se joindre à lui.

— Pourquoi avez-vous fait une telle chose, mon ami ? Vous qui juriez ne pas être fait pour la vie de couple. Vous semblez malheureux comme les pierres.

— Vraiment ?

Il leur servit du brandy et tendit un verre à Maury.

— Cette union n'a de mariage que le nom.

— Oh. Je vois. Voulez-vous m'en parler ?

Il donna les grandes lignes à Maury, omettant le moment où il avait surpris Phoebe avec Reddington. Dévoiler ses propres scandales, c'était une chose, mais il ne révélerait jamais ceux de Phoebe.

— Bon, vous semblez tous les deux prêts à tirer parti de cet arrangement. Et compte tenu du fait qu'elle vous accorde une liberté totale, vous ne pouvez pas vous plaindre.

— En effet, vous avez raison, dit-il d'un air sombre.

Il joua son rôle d'hôte toute la soirée, charmant les foules comme il savait si bien le faire, mais quand tous les invités furent partis, il poussa un soupir de soulagement. Debout dehors, adossé à un lampadaire, il regarda les domestiques éteindre les bougies.

— Vous l'aimez, n'est-ce pas ? demanda sa mère d'une voix douce derrière lui.

— Mère.

Il passa un bras autour de ses épaules et la serra contre lui.

— Je le vois à la façon dont vous la regardez.

Il soupira.

— Oui, mais elle en aime un autre. Un homme hors de sa portée.

Sa mère garda le silence.

— Vous estimez que je l'ai bien mérité, n'est-ce pas ?

— Bien sûr que non, Teddy. D'où vous vient une telle idée ?

— Ce serait un juste retour des choses, après tous les cœurs que j'ai brisés.

— Je ne doute pas que vous l'ayez fait, mais d'après ce que j'ai observé, vous ne vous êtes jamais montré malhonnête. Parfois, les cœurs sont vulnérables, et parfois, ils se brisent. Mais cela ne doit pas vous faire perdre foi en l'amour.

Il était surpris d'entendre qu'elle croyait toujours en l'amour.

— De bien sages paroles de la part d'une femme qui a eu le cœur brisé pendant toute sa relation.

— Oui, j'aimais votre père. Mais lui ne m'a jamais aimée.

Teddy se tourna vers elle, étonné.

— Vraiment ?

— Oui. Il m'a épousée pour ma fortune, sans aucun doute. Il m'a séduite comme il séduisait toutes les autres, et je ne comptais pas plus qu'elles à ses yeux.

Elle lui toucha la poitrine.

— Vous, vous l'aimez. Je le vois bien. Ne renoncez pas à

elle. Votre relation sera très longue, assez longue pour que vous conquériez son cœur.

Il se pencha pour embrasser ses cheveux grisonnants.

— Je vous aime, Mère.

— Vous avez toujours été mon fils chéri, Teddy. Je sais que vous vous êtes démené pour me sortir de mon chagrin. Je suis désolée de ne pas avoir été une mère plus joyeuse.

Sa franchise lui coupait le souffle. Il sentit son cœur se contracter douloureusement.

— Vous étiez la mère idéale. Toujours. Je suis navré de ne pas en avoir fait plus pour vous. Je sais que je vous ai déçue.

— Non ! Teddy, ce n'est pas vrai. Vous ne m'avez jamais déçue.

Mais c'était la vérité, et ils le savaient tous les deux. Ils contemplèrent la cour illuminée par le clair de lune en silence.

— Je le voyais en vous, c'est vrai, admit-elle enfin. Je crois que je détestais cela. Vous êtes aussi charmeur que lui ; vous séduisez les femmes, puis vous les écartez lorsque vous vous en lassez.

Il souffla lentement.

— Tout le monde s'attendait à ce que je devienne comme lui. Vous, lui, chaque membre de notre famille, tous mes amis. Comment ne pas me transformer en ce que l'on attendait de moi ? Tous répétaient à mon sujet : Il est comme son père. Et si je n'étais pas du tout comme lui ? Et si j'étais capable d'aimer une femme jusqu'à la fin de mes jours ?

Sa mère se tourna vers lui, le visage presque sévère.

— La fidélité est un choix, Teddy. Comme je l'ai dit, la vie maritale peut être très longue. On ne reste pas amoureux de son épouse en continu, toute sa vie. On tombe amoureux, puis on se lasse, puis on retombe amoureux. Quand quelqu'un d'autre nous attire, il faut se souvenir que cela peut arriver, mais *choisir* de ne pas passer à l'acte. Il s'agit de la décision la plus honorable.

Surpris de recevoir un tel conseil de sa mère, il prit le temps de le digérer.

— Vous êtes honorable, Teddy. Si vous choisissez de devenir fidèle, vous le serez. Bien sûr que vous en êtes capable ! Courir après les femmes n'est pas une maladie dont vous avez hérité ; c'est un comportement qui vous a été inculqué et que votre père cautionnait. Lorsque la volonté est là, il est possible de changer ses habitudes.

Il hocha sobrement la tête.

— Merci, Mère.

CHAPITRE CINQ

Un dîner chez les Reddington, c'était la dernière chose qu'elle désirait. Teddy l'avait informée le matin même qu'ils y assisteraient. Wynn s'était absentée pour raccompagner leur mère à la campagne et avait prévu de rentrer avec les Westerfield, qui se rendaient dans leur propriété des environs la semaine suivante. Teddy avait le regard vide depuis le bal, mais il s'était montré aussi courtois et attentionné que d'ordinaire et n'avait jamais évoqué Reddington. Elle ne savait toujours pas s'il avait entendu toute leur conversation, mais de toute évidence, il en avait assez entendu pour croire qu'elle avait entretenu une liaison avec son beau-frère. Hélas, elle ne pouvait pas le détromper sans lui révéler ce qui s'était réellement passé, et elle comptait emporter ce secret dans la tombe.

Elle ne comprenait pas pourquoi sa sœur les avait invités à ce dîner, et encore moins pourquoi Teddy avait accepté, mais elle n'avait d'autre choix que de s'y plier, et lorsque son époux rentra du Parlement, elle était habillée et prête à partir. Sa plus grande peur, qui tournait en boucle dans son esprit, était que Teddy ait décidé d'assister à ce dîner dans l'espoir de renouer avec Maud. Phoebe avait beau savoir que c'était injuste de sa part, l'idée qu'il redevienne intime avec sa sœur lui était insupportable.

Il la salua, comme toujours, d'un baiser sur la joue.

— Vous semblez prête.

— Je le suis.

Il lui présenta son bras.

— Dans ce cas, allons-y, voulez-vous ? J'ai une nouvelle à vous annoncer une fois dans la calèche.

Il l'aida à s'y installer et s'assit face à elle. C'était la première fois qu'ils la prenaient ensemble depuis l'incident à Hyde Park, et elle se surprit à rougir en se remémorant les événements. Comme s'il savait précisément à quoi elle pensait, il esquissa un sourire.

— Vous aviez une nouvelle à m'annoncer ? s'enquit-elle pour le distraire.

— En effet. J'ai trouvé un éditeur pour vos poèmes.

Elle avait l'impression qu'une tempête rageait dans ses oreilles.

— Je vous demande pardon ?

— Vos poèmes seront publiés, en deux volumes, comme je le suggérais.

— Teddy... non ! Vraiment ?

Elle se plaqua les mains sur la bouche, car elle se sentait incapable de dire quelque chose de cohérent.

— Mais c'est impossible ! En êtes-vous sûr ?

Il lui adressa un large sourire.

— Sûr et certain.

Elle se jeta à son cou.

— Merci ! Oh, merci Teddy ! Je n'en crois pas mes oreilles ! Les ont-ils lus ? Les ont-ils lus, ou les avez-vous soudoyés pour qu'ils les publient ?

Il rit.

— L'éditeur les a lus et les a trouvés tout aussi exquis que moi. Et non, je ne l'ai pas soudoyé, même si je pense que la maison d'édition espère que ma notoriété aidera les recueils à se vendre.

— Quand seront-ils prêts ?

— Je n'en suis pas sûr, mon amour, mais dès que je le saurai, vous serez la première avertie.

Reprenant quelque peu ses esprits, elle se rassit et lissa sa jupe sur ses genoux. Sa joie lui donnait du courage.

— Teddy ?

— Oui, ma chérie ?

— Fréquentez-vous de nouveau ma sœur ?

Il haussa les sourcils.

— Ne dites pas de sottises. Je vous ai promis de ne pas la revoir, et je m'y tiendrai.

Elle déglutit.

— Oui, mais... C'était avant...

Il lui vint en aide :

— Ah, oui. Eh bien, je compte tenir parole, même si vous changez constamment les règles.

Ses mots étaient cinglants, mais quand elle leva le regard vers lui, il lui adressa un clin d'œil. Elle soupira.

— Ce n'est pas ça. Enfin... les autres femmes ne me dérangent pas. Mais peut-être pas avec elle ? Je sais que je n'ai aucun droit de vous demander...

— Phoebe, ça suffit, coupa-t-il d'un ton sec en secouant la tête, les yeux fermés, comme s'il était las. Ça suffit.

— Pardonnez-moi, dit-elle d'une petite voix.

— Phoebe...

— Oui, Monsieur le Comte ?

Teddy avait l'air d'avoir un os coincé dans la gorge.

— Phoebe, je veux seulement que vous sachiez...

Il tira sur son foulard.

— Si vous souhaitez avoir la même liberté que celle que vous m'offrez, je vous l'accorderai.

Elle le regarda bouche bée.

— Monsieur le Comte ?

— Si vous désiriez fréquenter un homme, je ne vous en voudrais pas. Je n'aimerais pas que vous produisiez des héritiers qui ne soient pas de moi, mais...

— Arrêtez ! s'exclama-t-elle. Cela ne m'intéresse absolument pas, merci bien.

Elle avait le visage brûlant de honte. Elle comprenait ; il l'autorisait à avoir une liaison avec Reddington. Cela expliquait pourquoi il avait accepté cette invitation à dîner. Sa poitrine se serra.

La calèche s'arrêta devant la demeure beaucoup trop familière. À la simple vue de la porte d'entrée, son estomac se noua. Elle détestait cet endroit. Teddy descendit et la porta hors de la calèche. Il n'oubliait jamais la moindre marque de galanterie et la traitait toujours comme une reine.

Comme lors de leur bal, le charisme de Teddy les sauva lorsqu'ils saluèrent Reddington et Maud. Les convives étaient nombreux – sept couples au total –, aussi dès qu'ils furent entrés, ils n'eurent aucun mal à se fondre parmi les autres invités. Après le repas, tout le monde se rendit au petit salon, où Maud joua du pianoforte et chanta, faisant montre de ses accomplissements comme une jeune fille célibataire en quête d'un époux.

— Phoebe, monte vite dans ma chambre chercher le reste de mes partitions, veux-tu ?

Avec un soupir, Phoebe se leva, de nouveau réduite à son rôle de sœur-domestique. L'odeur familière des chambres lui rappela des souvenirs oppressants, pas seulement de Reddington, mais aussi de son existence sous le joug de Maud. Elle s'arrêta sur le seuil de leur chambre, haïssant soudain sa sœur de lui avoir confié cette besogne. Elle aurait pu envoyer une domestique ! Les dents serrées, elle tourna la poignée de porte et entra. Les partitions étaient là, mais alors qu'elle se tournait pour sortir, elle se figea.

— Il me semblait bien vous avoir vue monter, dit Reddington, debout dans l'encadrement de la porte avec un air salace qui lui donna la bouche sèche.

— Je suis venue chercher les partitions de Maud. Je dois redescendre.

Il ferma la porte.

— Je suis sûr que rien ne presse. Vous m'avez manqué.

Manqué ? Non, elle ne pouvait pas lui manquer, car il n'avait jamais pris la peine de la connaître. Ce qui lui avait manqué, c'étaient les occasions d'abuser d'elle.

— Oh ? dit-elle, rendue courageuse par sa colère. Moi, vous ne m'avez pas manqué du tout.

Elle se dirigea d'un pas décidé vers la porte, qu'il bloquait, et elle eut le souffle coupé lorsqu'il la souleva par la taille à deux mains.

— Lâchez-moi ! s'écria-t-elle, envahie par la panique au point de ne pas craindre d'être entendue. Lâchez-moi... je ne veux plus jamais vous revoir ! Ne me touchez pas, sinon je hurle !

Elle se débattit tandis qu'il glissait une main entre ses jambes.

La porte s'ouvrit à la volée et Teddy surgit dans la pièce. Il se rua sur Reddington, le saisit à la gorge et le plaqua contre le mur, entraînant Phoebe à leur suite.

— Lâchez-la, siffla Teddy.

Ses manières courtoises s'étaient envolées, remplacées par une agressivité pleine de détermination. Il avait l'air redoutable.

Au début, les bras de Reddington se resserrèrent sur elle, puis il émit un son étranglé et la lâcha, car Teddy l'empêchait de respirer.

Ce dernier le tira vers l'avant avant de le plaquer de nouveau contre le mur.

— Que faisiez-vous avec elle ?

Il jeta un regard par-dessus son épaule, en direction de Phoebe, comme pour tenter de comprendre la situation.

— Qu'avez-vous fait ?

Son ton était devenu soupçonneux, comme s'il avait déjà deviné leur terrible secret. Reddington poussa une nouvelle plainte étranglée.

— Teddy ! s'écria-t-elle, craignant qu'il assassine son beau-frère.

Il la regarda.

— A-t-il abusé de vous ? Avant ?

Il se tourna de nouveau vers Reddington et colla son visage au sien.

— Vous avez abusé d'elle ?

— Teddy !

Le visage de Reddington avait pris une teinte violette. Teddy desserra la main, mais sans le lâcher, simplement pour le laisser respirer.

— A-t-il abusé de vous, Phoebe ? répéta Teddy, mais avec plus de douceur cette fois, pendant que Reddington toussotait.

— P... pas jusqu'au bout, murmura-t-elle, tirant sur son corset pour laisser plus d'espace à ses côtes.

— Il vous a agressée, mais n'est pas complètement parvenu à ses fins, est-ce bien ce que vous voulez dire ?

— Oui, Monsieur le Comte.

D'un geste vif, Teddy fit pivoter Reddington et lui donna un coup de pied derrière les jambes afin qu'il tombe à genoux devant Phoebe. Il saisit une poignée de ses cheveux pour lui tirer la tête en arrière.

— Présentez-lui vos excuses.

Reddington émit un grondement terrifiant.

Teddy plaqua brutalement les paumes sur les oreilles de Reddington, qui hurla.

— Présentez-lui vos excuses. *Immédiatement.*

— Je... je suis navré, grogna Reddington.

— Teddy, allons-y. S'il vous plaît. Allons-nous-en.

Avec un rictus, Teddy toisa Reddington, mais il finit par le lâcher. Il glissa un bras autour de la taille de Phoebe et la mena en toute hâte hors de la pièce, en bas des escaliers et hors de la maison avant que quiconque ne les intercepte.

Il la hissa dans la calèche et s'assit à ses côtés sans cesser de l'enlacer, et il la serra contre lui. Elle tremblait sur le mince coussin. Elle avait l'impression d'avoir désespérément besoin de pleurer, mais elle était trop choquée pour verser la moindre larme.

— Êtes-vous blessée ? lui demanda Teddy en examinant son visage et le haut de son corps.

Elle secoua la tête.

— Vous êtes indemne ? insista-t-il comme pour être rassuré.

— Oui.

Il semblait fou de rage, mais il continua de l'étreindre et de lui frictionner les bras dans un geste réconfortant.

— Je suis désolée, Teddy.

Il soupira et secoua la tête.

— Vous auriez dû me le dire, Phoebe.

Elle se cacha le visage dans les mains.

— Je ne pouvais pas.

La vérité avait enfin éclaté : que penserait-il d'elle ? Il réaliserait qu'elle n'avait pas prétendu qu'il était son amant pour le sauver, mais plutôt pour se sauver elle-même. Elle avait injustement profité de sa gratitude alors que son acte avait été égoïste et manipulateur. Et tout cela lui paraissait désormais encore pire, car elle réalisait qu'il avait raison : elle aurait dû lui faire confiance. Il l'avait défendue face à

Reddington, avait exigé qu'il s'excuse *à genoux*. Phoebe avait eu beau se méfier de Teddy, il avait toujours été digne de sa confiance. C'était elle qui s'était trompée, qui avait refusé de croire qu'il puisse tenir à elle.

Elle rassembla suffisamment de courage pour ôter ses mains et voler un regard dans sa direction. Il fixait un point de la calèche devant lui d'un air sombre.

— Je vous ai piégé dans cette union avec moi, n'est-ce pas ? Vous croyiez que je vous sauvais, alors qu'en réalité, c'est moi qui avais besoin d'être secourue.

Il souffla et se passa brusquement les doigts dans les cheveux.

— Croyez-vous que je ne vous aurais pas secourue si je l'avais su ? demanda-t-il, l'air profondément blessé.

— Je ne le pensais pas à l'époque, mais à présent, je sais que je me trompais.

— J'aurais dû le tuer, cette nuit-là. Pourquoi ne m'avez-vous pas laissé faire ?

— Parce que je ne voulais pas que vous soyez pendu !

Comme il n'ajoutait rien, elle répéta :

— Je suis désolée.

Il soupira.

— Je ne suis pas en colère contre vous, mon amour. Je suis seulement... frustré.

Se souvenant de la dernière fois où il avait prononcé ces mots, elle lui fit une proposition :

— Me fesser vous aiderait-il ?

Il lâcha un petit rire surpris.

— Eh bien, dit-il d'un ton songeur. Une bonne fessée me fait toujours du bien.

Il lui adressa un grand sourire et commenta :

— Je doute que cela vous requinque, cependant.

Comme toujours, il savait la faire sourire. Elle frémit quelque peu en s'imaginant sur ses genoux, mais elle avait envie qu'il lui donne une fessée, surtout si cela lui faisait du bien. Elle voulait être l'alliée du seul homme qui méritait sa confiance, du seul homme qui semblait se soucier d'elle.

Il la mena à l'étage, un bras solide autour de sa taille, et elle sentit son cœur s'emballer. Pas de peur ; plutôt de trac et d'un soupçon d'enthousiasme. Il la mena dans sa chambre et l'assit sur le lit, la surprenant en se penchant pour lui ôter l'une de ses chaussures. Il la plia entre ses mains et lui adressa un sourire en coin tout en haussant un sourcil pour lui faire comprendre ce qu'il comptait en faire. Elle poussa une exclamation lorsqu'il la saisit par les chevilles et lui souleva les jambes, exposant son derrière quand ses jupons tombèrent autour de sa taille. Elle tenta de se couvrir les fesses avec les mains, avant de plutôt se cacher le visage, jetant un coup d'œil au beau visage de son époux à travers ses doigts écartés.

Il abattit la petite mule en cuir sur une fesse. La douleur la fit haleter, bien qu'en vérité, le bruit soit plus effrayant que la sensation. Il frappa son autre fesse, puis l'arrière de ses cuisses, et le claquement de la semelle de cuir arracha un cri à Phoebe. Elle leva le derrière.

— Vous auriez dû me le dire, répéta-t-il, les dents serrées dans une expression faussement féroce tandis qu'il lui assénait plusieurs coups rapides. J'aurais compris pourquoi l'idée de faire l'amour vous troublait.

— Oooh ! s'exclama-t-elle en sursautant. Je sais ! Pardonnez-moi !

— Vous m'avez laissé croire...

Il s'interrompit pour souffler, puis il reprit ses coups rythmés.

— J'ai cru que vous l'aimiez.

— Non ! protesta-t-elle, les mains plaquées sur ses fesses endolories. Je suis navrée de vous avoir laissé croire cela. Teddy, je suis terriblement désolée.

Il lui tapota les mains avec la chaussure.

— Veuillez ôter vos mains. Coincez-les sous votre dos. Je n'ai pas terminé.

Quelque chose dans son ton autoritaire donna l'impression à Phoebe d'avoir les jambes en coton et tout le corps gorgé de sang.

Elle lui obéit et glissa les mains sous le bas de son dos, grimaçant d'être aussi exposée. Pour ne rien arranger, Teddy tira sur la ficelle de ses dessous et les fit glisser le long de ses jambes.

— Ah, voilà. Frapper sur une peau nue est beaucoup plus satisfaisant.

Le sexe de Phoebe se contracta en réponse. Teddy aimait la fesser, et elle avait beau savoir qu'elle aurait dû s'indigner face à tant de perversité, elle n'en fit rien. Elle leva plutôt les jambes en l'air pour lui présenter ses fesses. Il lui saisit les chevilles, embrassa l'un de ses mollets, et se remit à la fesser, cette fois sans entraves. La chaussure atteignait des zones réduites, mais la morsure du cuir était pire que celle de sa paume. Parfois, il frappait son sexe et cette sensation la faisait haleter, envahissait l'intérieur de ses cuisses de chaleur.

— Aïe... aïe, gémit-elle, même si en réalité, la douleur était peu intense.

— Est-ce arrivé plus d'une fois ? s'enquit Teddy d'un air sérieux après avoir jeté la chaussure par terre pour utiliser sa main.

Sa paume était moins cinglante, mais son impact était plus fort, et, à cause de la position humiliante dans laquelle il la maintenait, elle lui faisait plus mal que lorsqu'elle s'était trouvée sur ses genoux. Il soutint son regard tout en continuant à frapper, dans l'attente d'une réponse.

— Non. Mais je voyais bien qu'il cherchait à se retrouver seul avec moi. Je pense que ce n'était qu'une question de temps avant qu'il...

Teddy semblait préoccupé.

— J'aurais dû le tuer, grommela-t-il avant de lui jeter un regard acéré. Votre sœur le savait-elle ?

Elle grimaça et souleva les fesses pour lui échapper. Il tint bon et se mit à la fesser encore plus fort.

— Alors, Phoebe ?

Il laissa brusquement retomber ses jambes et s'éloigna, comme s'il réalisait que sa colère n'était pas dirigée contre la bonne personne.

— Je n'en sais rien ! s'exclama-t-elle en s'asseyant.

Il revint à ses côtés et s'accroupit, les larmes aux yeux.

— Phoebe... ma chérie. Je suis désolé que vous ayez enduré une telle chose. Seigneur, je suis navré ! Je regrette de ne pas pouvoir effacer cela.

Sa voix était pleine de chagrin. Elle se pencha sur lui et glissa les bras derrière sa nuque, ses yeux également embués, mais seulement parce qu'elle lui était reconnaissante et s'émerveillait qu'il se montre aussi attentionné. Elle l'embrassa dans le cou et en un instant, la bouche de Teddy fondit sur la sienne dans un baiser passionné. Il la saisit fermement par les cheveux pour lui tirer la tête en arrière et exposer sa gorge, où il promena la bouche avant de s'attarder juste au-dessus de sa clavicule.

Phoebe ressentit un spasme entre ses jambes, un désir bouillonnant. Il se redressa et ses lèvres rencontrèrent de nouveau les siennes. Il glissa la langue dans sa bouche et l'explora.

Elle gémit doucement, blottie contre lui. Les mains de Teddy étaient brusques, tirant sur sa robe et libérant ses seins de son corset. Elle laissa échapper un petit cri lorsqu'il l'allongea sur le lit et se laissa tomber sur elle, son bassin collé au sien, sa bouche sur le lobe de son oreille pour le sucer avec une violence qui la poussa instinctivement à presser ses hanches contre les siennes.

Sans savoir comment, elle se retrouva débarrassée de sa robe. La veste et le gilet de Teddy disparurent également, mais avant qu'elle parvienne à ôter son corset, Teddy était de nouveau sur elle, lui écartant les cuisses avec son genou, pétrissant ses fesses brûlantes tout en la mordillant dans le cou.

La dernière fois qu'elle s'était retrouvée dans son lit, il avait cherché à la séduire, à faire de l'amour un art susceptible de la toucher. Cette fois, plus trace d'art. Il prenait, pillait, revendiquait, comme une bête en chaleur. Il n'y avait aucune finesse, seulement une passion brûlante qui enflamma chez elle un désir presque insupportable. Il lui souleva les jambes, comme il l'avait fait plus tôt, sauf que cette fois il appliqua sa langue contre son sexe dénudé, caressa sa chair trempée, la pénétra jusqu'à ce que ses cuisses tremblent et ses hanches ondulent sous cette douce torture.

— Je vous en prie, dit-elle. Je vous en prie. Maintenant.

Quand enfin il libéra son membre et la pénétra subitement, l'explosion de sensations faillit l'aveugler. Elle ressentit de la douleur lorsque sa chair s'écarta pour le laisser entrer, mais après quelques lents va-et-vient, le plaisir prit le pas sur la brûlure, et elle croisa les chevilles dans son dos pour le pousser à aller plus loin, plus fort, impatiente de connaître la libération que son corps laissait présager.

— Oh, Seigneur... Phoebe, gémit-il.

Au son de son prénom, elle lâcha prise, l'entraînant avec elle tandis que les muscles de son sexe se contractaient sur son membre dans une explosion d'extase. Elle le maintint contre elle avec ses jambes jusqu'à ce que le tremblement de terre prenne fin, puis elle le lâcha et étendit les bras au-dessus de sa tête, offerte à son plaisir. Elle comprenait enfin pourquoi sa sœur avait aimé faire l'amour.

Il ralentit le rythme, glissant en elle en l'observant, esquissant un sourire lorsqu'elle se remit à se trémousser sur le lit sous le plaisir qui montait de nouveau. Quand il se retira entièrement, elle s'assit pour protester.

* * *

Il rit.

— Roulez sur le ventre, ma colombe.

Elle obéit, sans comprendre où il voulait en venir. Il donna une claque à ses fesses et elle contracta les muscles, mais lorsqu'il se pressa contre elle par-derrière, elle leva les hanches pour aller à sa rencontre. Son sexe était endolori, mais ravi d'être pénétré à nouveau. La friction de ses cuisses engendrait un plaisir inédit, et cet angle nouveau créait une sensation différente. Phoebe resta immobile, les fesses levées, tout son corps attentif à cette nouvelle leçon d'amour. Bien vite, elle se mit à onduler contre lui tout en gémissant pour en demander plus. Il glissa les bras sous son ventre et lui saisit les épaules pour la pénétrer plus profondément, plus vite et plus fort jusqu'à ce qu'il atteigne l'extase à son tour. Le sexe de Phoebe convulsa à nouveau et elle poussa un petit cri comblé.

Elle s'écroula sous son corps, aussi molle qu'une poupée de chiffon. Teddy se hissa sur les coudes pour ne pas l'écraser.

— Roulez sur le dos, Phoebe.

Elle obéit aussitôt, l'observant avec émerveillement. Son expression le fit sourire, et elle rit, puis se mit à pleurer.

— Comment avez-vous fait ? Je n'ai pas pensé à lui une seule fois.

— Chut, dit-il avant de poser ses lèvres sur les siennes. Ne parlez pas de lui dans ce lit. Il est à nous, rien qu'à nous. Ne le laissez pas y pénétrer.

Elle glissa les bras autour de sa nuque et s'accrocha à lui comme à une bouée de sauvetage, tout en laissant échapper des petits sanglots, puis des rires.

— Je suis désolée ! J'ignore ce qui me prend.

— Ne vous retenez pas, ma chérie. Pleurez autant qu'il le faudra, vous êtes en sécurité avec moi.

Elle eut des hoquets, quelques gloussements, se cacha parfois le visage. Il l'enlaça jusqu'à ce qu'elle ait évacué toutes ses émotions et que sa respiration prenne le doux soupir du sommeil.

Il lui caressa les cheveux, savourant la façon dont son corps était niché contre le sien, l'expression de son désir réprimé ayant soulagé sa colère face à ce qu'elle avait subi.

Le lendemain, lorsqu'il se réveilla, il la surprit en train de l'observer.

— Teddy ?

— Oui, mon ange ?

— Pourrez-vous me pardonner ?

— Je n'ai rien à vous pardonner, ma colombe.

— Vous étiez en colère contre moi.

— Non, ma chérie, j'étais frustré car vous comptiez à mes yeux. Si seulement j'avais su... si seulement vous m'aviez dit... Je vous aurais protégée, et j'aurais été plus respectueux face à votre réticence à faire l'amour. Mais je n'étais pas en colère. Et si je vous ai fait peur, j'en suis navré.

Elle secoua la tête.

— Je n'ai pas eu peur. Enfin, j'avais un peu peur de la fessée, mais pas de vous.

— La fessée ne vous a pas fait trop mal, si ?

Il savait déjà que la réponse était non. Cette correction avait seulement eu pour objectif de lui prendre le contrôle.

Elle rougit, mais ne baissa pas les yeux. Elle lui caressa la joue avec le pouce, lui répondant sans un mot. Elle en avait eu besoin. Ils en avaient tous les deux eu besoin. Cela avait été une façon d'apaiser les tensions et de repartir à zéro.

— Phoebe ?

— Oui ?

— Acceptez-vous de devenir ma femme ?

Elle gloussa, et il l'embrassa sur le nez.

— Ma véritable femme ?

Elle hocha la tête, les yeux brillants.

— Oui, Monsieur le Comte. J'accepte de devenir votre femme.

— Je l'espère, car le mariage est déjà consommé. Impossible de l'annuler, désormais.

— Je n'ai jamais souhaité l'annuler, murmura-t-elle.

Il se pencha vers elle et s'empara de sa bouche dans un baiser victorieux, auquel elle répondit avec enthousiasme.

Lorsqu'il se retira, elle regarda la lumière commencer à filtrer par la fenêtre.

— Vous devriez vous lever, sinon vous arriverez en retard au Parlement.

— Je n'y vais pas aujourd'hui. Je reste avec vous, ma colombe.

Souriante, elle chassa les cheveux qui lui tombaient sur les yeux, et il frissonna en réalisant qu'il avait réellement une épouse, à présent.

Ils passèrent la journée à profiter d'être ensemble, se promenant à Hyde Park, main dans la main. Lorsqu'ils s'assirent sur un banc, il déclara :

— Phoebe, quand j'ai dit que vous ne deviez pas parler de Reddington, je voulais dire dans notre lit, c'est tout.

Comme il la sentait se raidir à côté de lui, il glissa l'une de ses mains entre les siennes et ôta son gant pour caresser sa peau nue.

— Je souhaite que vous me racontiez tout. Je sais que cela

vous fait de la peine. Mais plus vous parviendrez à en parler, moins cela aura de pouvoir sur vous.

La lèvre inférieure tremblante, elle baissa le menton. Il lui releva le visage.

— Pas aujourd'hui, dit-il. Nous ne gâcherons pas cette journée. Mais bientôt. D'accord ?

Elle le dévisagea, il ignorait pour quelle raison.

— Je vous promets de vous aider à en guérir.

— Je...

La voix de Phoebe se brisa.

— Je ne suis pas sûre d'être capable d'en parler.

— Mais si. Si vous ne le faites pas, il continuera de se dresser entre nous. Et il ne mérite pas un tel honneur.

— En effet, dit-elle en riant, les joues baignées de larmes. Il n'en mérite pas tant.

Ce soir-là, alors que le moment du coucher approchait, il la sentit se crisper. Il avait déjà ordonné aux domestiques d'apporter les affaires de Phoebe dans sa chambre, car il ne voulait pas qu'elle se cache de lui.

— Vous n'avez rien à craindre, murmura-t-il en la menant dans sa chambre. Vous vous souvenez ? Il n'y a que nous ici.

— Oui ! s'exclama-t-elle un peu trop vite. Mais... et si ce soir, je n'aimais pas cela ?

Il eut un petit sourire, même s'il savait que son angoisse était authentique.

— Eh bien, pourquoi cela a-t-il mieux fonctionné hier soir que la dernière fois que nous avons essayé ?

Elle se détourna pour examiner les livres sur sa table de chevet.

— Vous m'avez ôté le choix.

Il eut un mouvement de recul, puis il crut comprendre. Il se plaça derrière elle et la prit doucement par les épaules.

— Vous croyez être responsable de ce qui s'est passé entre Reddington et vous ?

Elle se raidit et émit un petit cri.

— Je ne savais pas quoi faire... Je ne voulais pas qu'il me touche, mais...

— Vous n'étiez pas responsable. C'est lui le seul coupable. Vous n'avez absolument rien à vous reprocher. C'était votre tuteur, et il aurait dû vous protéger. Au lieu de cela, il a abusé de vous. Ce n'était pas votre faute.

Elle se tourna vers lui, agitée par des sanglots, et elle se jeta si fort contre lui qu'il vacilla. Il l'enlaça et la berça doucement.

— Ce n'est pas votre faute, murmura-t-il contre ses cheveux.

— Je ne savais pas quoi faire... je l'ai laissé me toucher... je ne savais pas quoi faire...

— Oui, chuchota-t-il en lui caressant la tête. Je comprends.

Il lui leva le menton pour voir ses iris cerclés de violet. Ses cils étaient mouillés, et elle battit des paupières, mais elle semblait pleine d'espoir.

— Mais si cela vous aide d'être privée de choix, je me ferai un plaisir de vous satisfaire, dit-il.

Il la souleva et la porta jusqu'au lit, sur lequel il la jeta, lui arrachant une protestation. Il souleva ses jupons sans préambule, dégrafa un bas en soie de son porte-jarretelles et le fit glisser le long de sa jambe. Hissée sur les coudes, elle le regardait faire avec un sourire. Il tira sur le bas pour tester sa solidité.

— Tendez les mains, poignets serrés.

Elle écarquilla les yeux lorsqu'elle comprit quelle était son intention, mais elle tendit les mains avec un sourire. Il lui attacha les poignets et noua le bas à la tête de lit.

— Voilà. À présent, vous êtes mon jouet. Et je ferai de vous ce que je souhaite, toute la nuit.

Il la dévisagea attentivement pour voir si ses mots l'excitaient ou la refroidissaient, mais de toute évidence, elle était ravie. Ses yeux pétillaient. Il la fit rouler sur le côté pour ouvrir les minuscules agrafes de sa robe, avant de réaliser qu'il ne pouvait pas la lui ôter, comme ses bras étaient attachés.

— Mmm, dit-il, et elle gloussa en réalisant son dilemme. Tant pis, j'ai un meilleur plan.

Il lui détacha les poignets et passa la robe au-dessus de sa tête, puis se servit du bas pour lui bander les yeux, l'enroulant deux fois pour bloquer toute lumière et le nouant soigneusement derrière sa tête.

— Qu'en dites-vous, ma colombe ?

Elle sourit.

Il hésita, réalisant que privée de sa vue, elle risquait d'associer ses caresses à celles de Reddington. Il allait devoir parler régulièrement.

— À présent, écoutez-moi bien. Maintenant que vous êtes mon épouse, vous n'aurez plus jamais le choix. Votre devoir est de vous donner à moi n'importe quand, n'importe où, dès que j'en ferai la demande.

Elle se tortilla sur le lit, glissant les mains en direction de ses seins avant de se raviser.

— Touchez-vous la poitrine, ordonna-t-il, ravi de l'entendre haleter.

Elle approcha timidement les mains de ses seins, toujours captifs de son corset.

— Dévoilez-la, dit-il d'une voix rendue plus grave par le désir.

Elle glissa les mains sous son corset et en sortit les deux globes jumeaux.

— C'est bien, susurra-t-il, appréciateur.

Il lui ôta ses dessous.

— Montrez-moi comment vous vous touchez entre les jambes, Phoebe.

Elle entrouvrit les lèvres et renversa la tête en arrière. Sa main descendit lentement vers son sexe, qui luisait déjà de nectar. D'un doigt hésitant, elle effleura ses petites lèvres.

— C'est ainsi que vous vous touchez ? murmura-t-il en se glissant à ses côtés, allongé sur le flanc, une main sous sa tête.

— Non, murmura-t-elle.

— Comment faites-vous, Phoebe ? Glissez-vous les doigts à l'intérieur ?

— Non.

Elle fronça les sourcils, et il sentit qu'il était en terrain glissant.

— Montrez-moi comment vous faites.

— Euh, hésita-t-elle. Je m'allonge sur le ventre.

Il étouffa un rire.

— Roulez sur le ventre, dans ce cas, et montrez-moi.

Elle obéit, une main entre les cuisses. Elle ne se pénétra pas, mais fit onduler ses doigts joints contre son pubis. Son bassin se mit à aller et venir contre sa main.

Il délaça son corset, en veillant à ne pas la déconcentrer.

— Maintenant que je ne pourrai plus fréquenter les maisons closes, je vais devoir vous apprendre à me satisfaire comme une fille de mauvaise vie. Pensez-vous en être capable, Phoebe ?

Elle poussa un petit gémissement de protestation, mais son bassin se mit à onduler plus vite, preuve de son enthousiasme.

— Avez-vous déjà entendu l'expression *cada orificio* ?

Elle émit un son négatif. Son corset grand ouvert, il promena un doigt le long de son échine.

— Elle nous vient des prostituées italiennes. Cela signifie chaque orifice. Elles accueillent les hommes dans leurs trois entrées les plus grandes.

Phoebe poussa un nouveau gémissement. Il avait atteint

son derrière, et il descendit jusqu'à ses cuisses, puis remonta, en s'enfonçant entre ses fesses, cette fois.

— Saviez-vous que vous pouviez accueillir un homme ici, Phoebe ? s'enquit-il en pressant légèrement son petit trou.

Elle lâcha une exclamation et contracta les muscles. Il se pencha sur elle et émit un son désapprobateur à son oreille.

— Non, non, ma colombe. Rappelez-vous, vous ne pouvez plus rien me refuser. Je suis votre époux, et je vous prendrai comme je le souhaite.

Il se lécha le doigt, l'enduisant généreusement de salive, et retourna à son entrée de derrière, poussant avec une insistance qui ne tolérait aucune résistance.

Elle poussa une plainte, se crispa puis se détendit, et sa main se mit à aller et venir frénétiquement entre ses cuisses.

— C'est bien, Phoebe, murmura-t-il.

Il la pénétra avec son doigt, plusieurs fois, au son de ses implorations. Avec un cri guttural, elle serra les jambes et se cambra, crispée sur son doigt tandis qu'un grand frisson traversait tout son corps.

CHAPITRE SIX

*E*lle n'avait jamais connu un tel plaisir et, comme la veille, elle n'avait pas pensé une seule fois à Reddington. Elle était vidée de son énergie, et pourtant, elle en voulait encore, impatiente de sentir Teddy bouger en elle, de lui procurer du plaisir autant qu'elle voulait en recevoir. Mais elle ne prit pas d'initiative, comblée par l'extase de sa reddition.

Pour son plus grand plaisir, il lui ôta son bandeau et la retourna sur le dos. Elle sentit la bosse de son membre durcir lorsqu'il grimpa sur elle et se jeta sur ses lèvres. Il se débarrassa de sa chemise, puis de son pantalon, et en quelques secondes, son sexe se retrouva entre ses jambes, pressé avec insistance contre son entrée. Elle écarta les cuisses et le saisit par les épaules pour l'attirer en elle.

— Voilà, dit-il d'une voix rauque, les yeux brillants.

Elle adorait voir l'animal en lui, tellement différent du charme courtois qu'il dégainait avec tant d'aisance. Cette émotion était sincère, elle ne doutait pas un instant qu'il était déchaîné, avide d'elle, incapable de s'arrêter.

— Oui, Teddy ! l'encouragea-t-elle.

Dans un grognement, il se mit à aller et venir avec plus de force qu'elle ne l'aurait cru possible, et sa douleur n'était que plaisir tandis qu'il enchaînait les coups de reins jusqu'à exploser dans une exclamation. Comme la veille, son orgasme en causa un deuxième chez Phoebe, et elle savoura la sensation de ses muscles qui se contractaient sur son membre pour en tirer toute la semence.

— Oh, Teddy, haleta-t-elle.

— Phoebe, dit-il en riant, le souffle court. Je crois qu'il ne me faudra pas longtemps pour vous former.

Elle lui donna une tape sur le bras, et il s'esclaffa, enfouissant le visage dans son cou dans un baiser mouillé.

Ils passèrent toute la semaine ainsi, même si Teddy fit son retour au Parlement. Il s'agissait d'une véritable lune de miel, et comme Wynn était absente, ils n'avaient aucun mal à passer des heures au lit pour explorer leurs corps à loisir. Phoebe n'était plus affectée par le souvenir des agressions de Reddington, et Teddy n'eut aucun mal à lui enseigner les multiples façons de prendre et donner du plaisir.

Pourtant, chaque journée avait beau s'achever dans une harmonie parfaite, une petite voix lui répétait que cette extase ne serait pas éternelle, qu'elle ne pouvait pas compter sur Teddy, car elle n'était jamais gâtée par la vie, et qu'elle n'en méritait pas tant. Elle ne fut donc pas surprise lorsque la lettre arriva.

Le majordome la lui avait donnée par erreur au milieu des mots et des invitations qui lui étaient adressées. Cette lettre avait pour destinataire Teddy, et son papier raffiné était parfumé. Phoebe comprit aussitôt de quoi il s'agissait : d'une lettre d'amour. Elle la contempla un long moment, se demandant si elle devait l'ouvrir. Ce jour-là, elle ne put penser à rien d'autre, et elle réalisa que son besoin de découvrir ce que contenait l'enveloppe était plus fort que ses scrupules à ouvrir une lettre qui ne lui était pas adressée. Elle l'emporta dans sa chambre et glissa le pouce sous le cachet de cire.

Mon très cher Teddy,

Cela fait cinq nuits que je vous attends dans ma chambre. Où êtes-vous passé ? Je ne peux pas croire que vous soyez toujours occupé avec votre nouvelle épouse. Vous vous êtes forcément lassé de son manque d'expérience. Souvenez-vous de tout le plaisir que nous avons éprouvé ensemble...

À vous pour toujours,
Veronica

* * *

Veronica. Son cœur battait à tout rompre. Qui était cette Veronica ? Une maîtresse, de toute évidence. Son sentiment de trahison lui donnait l'impression qu'on lui arrachait les organes par la bouche. Elle avait du mal à respirer, à bouger, à penser. Elle resta assise, cette maudite lettre à la main. Des larmes se mirent à jaillir sans qu'elle s'en aperçoive tandis que son esprit lui repassait en boucle la semaine qu'elle venait de vivre avec Teddy, et elle réalisa que cela n'avait rien signifié pour lui. Elle avait été idiote d'accorder sa confiance à un débauché.

Il était ainsi.

Phoebe n'était qu'une conquête parmi une centaine d'autres.

La brûlure de la trahison la submergea, et elle tira sur les draps du lit, les jetant par terre afin de les piétiner. Satisfaite de cet acte, elle ouvrit l'armoire de Teddy sans ménagement et jeta ses vêtements fastueux pour les piétiner à leur tour. Elle jeta ses livres des étagères et envoya valser le contenu de la coiffeuse : nécessaire de rasage, boutons de manchettes et tabatière.

Maudit soit-il.

Maudit mille fois ! Elle aurait dû se douter qu'elle ne devait pas offrir son cœur à un tel roué ! Elle sortit ses propres vêtements de son armoire et traîna ses robes jusqu'à la chambre attenante, qui avait été la sienne jusqu'à la semaine précédente.

— Madame la Comtesse ?

La voix timide de sa femme de chambre lui mit les nerfs à vif.

— Quoi ? demanda-t-elle d'un ton cassant.

— Euh... avez-vous besoin d'aide ?

— Oui. Tenez, prenez celles-ci, dit Phoebe en la chargeant d'une pile de robes. Je retourne m'installer dans ma propre chambre.

— Bien, Madame, répondit la domestique, sa réponse étouffée par les étoffes.

Phoebe regagna la chambre de Teddy à grands pas, bien décidée à découvrir d'autres objets à détruire. Repérant un coupe-papier, elle se mit à crever un oreiller, faisant voler des plumes d'oie en tout sens. Ah. Elle en déchira un autre, avant de le secouer pour libérer jusqu'à la dernière plume et couvrir toute la pièce de duvet blanc. Elle rit, un son amer, métallique et creux.

Elle jeta un regard à sa domestique, debout sur le seuil, qui contemplait le résultat avec de grands yeux.

— Ne laissez personne faire le ménage, ordonna Phoebe d'un ton de reine. Je vais me promener.

— Souhaitez-vous que je vous accompagne ?

— Non. Merci. Allez chercher mon étole.

Elle sortit à grands pas, comme si elle avait un rendez-vous important, alors qu'en réalité, elle ne savait même pas quelle direction elle prenait. Elle marcha jusqu'à en avoir mal aux pieds, jusqu'à s'être lassée de ses propres pensées.

Elle se dit que sa situation n'était pas plus mauvaise qu'une semaine plus tôt, sauf qu'à présent, Teddy connaissait son secret le plus terrible. Elle regrettait d'avoir partagé une intimité avec lui, mais à part cela, le reste était comme elle s'y était attendue : elle vivait une union sans amour.

Elle s'arrêta et regarda autour d'elle pour essayer de se repérer. Après avoir marché davantage, elle réalisa qu'elle se trouvait dans la rue des Westerfield. Réjouie par la perspective de rendre visite à Kitty, elle pressa le pas jusqu'à sa porte. On la fit aussitôt entrer, et du thé ainsi que des pâtisseries furent apportés. Un véritable soulagement, car elle réalisa qu'elle était affamée.

— Vous sentez-vous seule sans Wynn, ou Teddy remplit-il son rôle en vous divertissant ?

Phoebe grimaça en songeant aux divertissements en question.

— Je me sentais seule aujourd'hui, répondit-elle avec sincérité. Kitty ?

Sa voix semblait éraillée, même à ses propres oreilles.

— Kitty, pensez-vous que Teddy fait mine d'aimer toutes ses conquêtes ?

Kitty sembla surprise, et Phoebe regretta aussitôt sa question, mais sa nouvelle amie prit une expression songeuse.

— Non, je ne pense pas qu'il fasse mine de les aimer. Je crois qu'il assume qui il est, en toute honnêteté. Pas vous ?

Phoebe était trop bouleversée pour répondre à cela.

— Comment un homme comme Teddy devient-il ainsi, à votre avis ? demanda-t-elle à brûle-pourpoint, sans s'attendre à recevoir une réponse.

— Son père était pareil, et cela rendait sa mère malheureuse. Lord Fenton était rarement chez lui, toujours à aller par monts et par vaux avec ses maîtresses. Teddy était obligé de consoler sa mère, ou en tout cas, il s'en sentait obligé. Il avait déjà acquis son charisme alors que nous étions enfants, et il prenait bien soin de sa mère et de Wynn, comme pour compenser la négligence de son père.

Phoebe digéra cette information, songeant que cela expliquait beaucoup de choses sur la relation qu'il entretenait avec sa famille.

— Mais s'il désapprouvait le comportement de son père, pourquoi le reproduire ?

Kitty haussa gracieusement les épaules.

— Bonne question. J'ignore pourquoi. Je pense que son charme le faisait tant ressembler à son père que tout le monde les comparait, encore et encore. Et je pense qu'il a hérité de... *l'admiration* de son père pour les femmes. Quand bien même, la vie qu'il mène comporte une vacuité dont il a conscience, à mon avis.

— Croyez-vous...

Phoebe laissa sa question en suspens, car elle n'était pas sûre d'oser la poser.

— Vous ne le croyez pas capable d'être un jour fidèle à son épouse, si ?

L'expression de Kitty se fit rusée.

— Est-ce pour cela que vous vouliez seulement une union d'apparence ?

Phoebe sentit la pointe de son nez la chatouiller, et elle porta sa tasse de thé à ses lèvres pour dissimuler son menton tremblant. Après en avoir bu une gorgée, elle hocha la tête.

— Je n'ai aucune envie de mener la même existence que sa mère, admit-elle.

* * *

— Monsieur le Comte.

Son majordome, Standish l'accueillit à la porte avec une expression pincée.

— Oui ?

— Lady Fenton se trouve dans sa chambre. Elle ne se sent pas bien.

Teddy fronça les sourcils.

— Merci, Standish.

Le majordome semblait vouloir ajouter quelque chose, mais lorsque Teddy l'encouragea du regard, il secoua la tête.

Inquiet, Teddy se rua à l'étage, où il trouva la porte de sa chambre entrouverte et la pièce saccagée. La femme de chambre se tenait déjà sur le seuil, comme si elle savait qu'il l'appellerait bientôt.

— Madame la Comtesse nous a ordonné de ne pas faire le ménage, Monsieur le Comte, dit l'une d'entre elles en lui faisant la révérence. Mais je vais m'y atteler tout de suite, si vous le souhaitez.

Il contempla la chambre, horrifié. Les oreillers avaient été crevés, il y avait des plumes partout, et ses possessions étaient répandues au sol. Il crut d'abord que Phoebe avait été victime d'une agression, de la part de Lord Reddington ou d'un voyou, mais l'attitude des domestiques contredisait cette hypothèse.

— Est-ce Madame la Comtesse qui a fait cela ? s'enquit-il, la bouche sèche, le sang battant à ses tempes.

— Oui, Monsieur le Comte.

Nouvelle révérence. D'autres servantes se tenaient dans le couloir, comme pour observer sa réaction. La maison était plongée dans un silence pesant.

Il resta impassible.

— Où est Madame ? demanda-t-il avec douceur.

— Elle a transféré ses affaires dans sa chambre, Monsieur le Comte.

— Je vois.

— Devrais-je commencer à nettoyer ?

— Pas encore, merci.

Il pénétra dans la chambre et ferma derrière lui. Parfaitement immobile, il observa les dégâts, le cerveau en ébullition. Comme il ne trouvait pas le moindre indice, il soupira et ouvrit la porte qui menait à la chambre de Phoebe.

Elle était assise à sa fenêtre, occupée à lire ou à faire semblant de lire, les traits tirés ; elle plaça un marque-page dans son livre et se tourna vers lui.

— Monsieur le Comte, dit-elle en se levant. Je ne souhaite plus entretenir de relations conjugales avec vous.

Sa voix était formelle, et avait le ton d'un discours appris par cœur.

— J'ai déplacé mes affaires dans cette chambre, et nous retournerons à notre arrangement précédent.

— Que s'est-il passé ? demanda-t-il d'une voix éraillée.

Elle pinça les lèvres.

— Rien dont je souhaite discuter avec vous. Ma décision est prise, et cette fois, elle sera définitive.

— Quelqu'un est-il venu ici ? Une femme ? Pourquoi êtes-vous contrariée ? Dites-le-moi, Phoebe.

Elle grimaça en l'entendant prononcer son prénom, comme s'il n'était plus digne de s'adresser à elle avec familiarité.

— Je vous ai dit que je ne souhaitais pas aborder le sujet. C'est une perte de temps.

Il la rejoignit à grands pas et tenta de la prendre par le bras, mais elle se dégagea comme si Teddy était un serpent venimeux. Il prit une grande inspiration pour se calmer.

— Que s'est-il passé, Phoebe ? demanda-t-il les dents serrées.

Elle lui tourna le dos.

— Je ne vous ai pas été infidèle. Est-ce ce que vous croyez ? Je vous le promets. Si vous pouviez simplement me dire ce qui vous a contrariée à ce point...

— Partez, dit-elle sans bouger.

— Non. Et je n'accepte pas de revenir à notre arrangement. Vous allez me dire ce qui s'est passé. Tout de suite.

Même son ton le plus autoritaire ne la convainquit pas de se tourner vers lui et de lui adresser la parole. Exaspéré, il regarda aux quatre coins de la pièce, cherchant une explication à son comportement.

Puis il la vit.

Posée sur la coiffeuse se trouvait une lettre ouverte. Il voyait l'écriture féminine sur l'enveloppe et en sentait le parfum. Merde.

Il n'avait pas besoin de connaître les détails ; sa correspondante ou le contenu de sa lettre. Il devinait qu'il s'agissait de la missive d'une ancienne amante et que Phoebe avait tiré des conclusions hâtives. Il s'empara de la lettre et la lut à la hâte.

En l'entendant faire, Phoebe pivota vers lui et croisa les bras, le menton levé avec insolence.

Il agita la lettre.

— Est-ce la raison de votre colère ?

Comme elle ne répondait pas, il ajouta :

— Je n'ai pas fréquenté Veronica depuis trois ans, malgré ses tentatives ridicules pour me séduire. Relisez-la.

Il lui mit la lettre sous le nez.

— Prétend-elle que nous nous sommes vus récemment ? Non, dit-il sans attendre de réponse. D'ailleurs, elle mentionne ma nouvelle épouse comme la raison de mes refus répétés. Cela ne devrait-il pas vous rassurer ?

Il chiffonna la lettre et la jeta dans l'âtre. Les flammes léchèrent le papier, faisant noircir ses bords avant de l'incendier d'un coup et de la réduire en cendres. Il poussa un soupir.

— Phoebe, ce genre de lettres, il y en aura d'autres. Elles continueront sûrement d'arriver pendant des années. Je ne peux rien faire pour vous en épargner la lecture. Lorsque vous m'avez épousé, vous saviez que j'avais eu de nombreuses maîtresses.

Phoebe fit une moue boudeuse, les yeux toujours durs.

Il soutint son regard.

— Cela ne signifie pas que je vous ai été infidèle ou que je le serai à l'avenir.

Elle le toisa comme si elle s'était attendue à un tel argument et qu'elle n'en croyait pas un mot.

— Asseyez-vous, suggéra-t-il en indiquant le fauteuil. Pouvez-vous m'écouter ?

Elle lui jeta un regard de défi, mais il lisait le doute dans son expression : un frémissement sur ses lèvres, comme si des larmes couvaient sous sa bravade.

Ma chère Phoebe. Il aurait dû lui dire à quel point il l'aimait.

Il la prit par la main et la tira doucement vers le fauteuil, puis il s'agenouilla à ses côtés et observa son air pincé.

— Je n'ai fréquenté aucune femme depuis le jour de nos noces, bien que vous m'ayez offert ma liberté.

Elle tendit le cou dans une expression exagérément incrédule.

— Phoebe, vous êtes la seule femme que je désire... oui, c'est la vérité, je le jure devant Dieu. Dorénavant, je ne fréquenterai que vous. Je vous ai juré fidélité, et je m'y tiendrai. J'en ferai le serment par écrit, si cela peut vous aider à me croire. Je suis à vous, rien qu'à vous.

Elle se mordit la lèvre et une larme roula sur sa joue. Elle l'essuya du dos de la main.

— Je ne vous crois pas, renifla-t-elle.

Il la prit par la main et embrassa le sel de ses larmes.

— Je vous aime. J'aurais dû vous le dire plus tôt, et je m'en excuse. Je vous aime, ma colombe.

Les yeux ronds, elle entrouvrit ses lèvres boudeuses tout en le regardant d'un air dubitatif.

— C'est la vérité, insista-t-il.

Elle se jeta à son cou, la force de son étreinte le renversant presque en arrière. Il s'assit sur le sol et l'attira sur ses genoux pour la bercer.

— Je vous aime, murmura-t-il.

Elle semblait incapable de parler, le visage enfoui dans son cou. Après quelques minutes, elle émergea et le regarda en battant timidement des cils.

— Je crois que j'ai tiré des conclusions hâtives.

— Oui, répondit-il d'un ton ironique. On peut le dire.

— Je suis navrée pour votre chambre. Je... je n'étais pas moi-même. Je crains d'avoir agi comme une enfant.

— Notre chambre, rectifia-t-il. Et en effet, vous avez été très vilaine.

— Je vous demande pardon. Je ne cédais jamais à la colère, lorsque je vivais avec ma famille ou chez Reddington. J'étais la jeune fille parfaite que j'ai appris à devenir au pensionnat de jeunes filles. Je n'exigeais jamais rien. Mais avec vous...

Elle s'interrompit et se mordit la lèvre.

— Avec vous, je ressens tant de choses... Je ne dis pas cela pour justifier mon comportement.

Il l'entendit déglutir, et elle demanda :

— Allez-vous me punir ?

Il lui caressa les cheveux. L'idée de lui administrer une véritable punition ne lui faisait aucune envie en cet instant, bien que cela soit mérité.

— Que devrais-je faire, à votre avis ?

— Oh, Teddy, murmura-t-elle en se reculant, les yeux baissés. Allez-vous vraiment m'obliger à le dire ?

* * *

Comme Teddy ne répondait pas, elle se tordit les mains et chuchota :

— Donnez-moi une fessée.

Son estomac fit un bond lorsqu'elle prononça ces mots. Elle réalisa que cette fessée, elle l'avait réclamée à cor et à cri en saccageant sa chambre. Comme quand la fille de mauvaise vie lui avait rendu visite, elle avait perdu la maîtrise de ses émotions, et elle avait secrètement désiré qu'il la prenne en mains, qu'il lui fasse changer d'avis et arrange la situation. Comme une enfant qui fait des bêtises pour faire réagir sa nourrice.

Les mains de Teddy parcouraient tendrement son dos de bas en haut.

— Levez-vous et déshabillez-vous.

Cet ordre lui envoya un frisson le long de l'échine.

— Me déshabiller ? demanda-t-elle d'un ton hésitant.

— Oui. Désormais, lors de vos punitions, vous serez complètement nue.

Entendre une telle chose la fit rougir. D'ailleurs, toute sa peau s'enflamma. Il l'aida à se lever, les mains glissées sous ses fesses, puis il se mit debout à son tour et la fit pivoter pour l'aider à déboutonner sa robe et délacer son corset. Puis il s'assit au bord du lit et l'admira. Elle lui tourna le dos et laissa tomber ses vêtements au sol, gardant les bas et les porte-jarretelles pour la fin.

— Tournez-vous, dit-il avec douceur.

Elle lui fit face, les doigts joints devant son sexe.

— Phoebe, il y aura parfois des malentendus entre nous. Et parfois, vous serez blessée ou en colère contre moi. C'est inévitable. Lorsque cela se produira, je veux que vous veniez me voir pour me parler franchement, afin que nous résolvions le problème ensemble.

Il lui jeta un regard sévère qui transforma ses entrailles en lave.

— Sinon, comment notre union pourra-t-elle grandir ?

L'idée qu'il veuille renforcer leurs liens lui donnait le tournis. D'ailleurs, elle avait toujours du mal à tenir debout, après sa déclaration d'amour et son vœu de fidélité.

— Ce sera ma première règle dans ce couple, ajouta-t-il.

Elle haussa les sourcils. Son autorité n'avait rien de nouveau, mais elle ignorait s'il était sérieux.

— Ma deuxième règle, c'est que je vous interdis de jeter des objets lors de vos caprices.

Cette fois, elle détecta une note d'humour dans sa voix, et il esquissa un sourire. Elle s'empourpra.

— Bien, Monsieur le Comte, dit-elle en lui faisant la révérence.

Il accepta sa soumission d'un air amusé.

— Allez chercher mon cuir à rasoir, où que vous l'ayez jeté.

Cette consigne lui donna les jambes en coton. Elle obéit d'un pas maladroit. Gênée par sa nudité, elle mit un moment à se concentrer suffisamment pour trouver la lanière de cuir parmi l'amoncellement de plumes et d'autres objets éparpillés. La porte s'ouvrit, la faisant bondir sur ses pieds, et elle se retrouva face à face avec le valet de Teddy, qui la vit complètement nue, tenant le cuir à rasoir, l'instrument manifeste d'une punition à venir. Comme tout bon domestique, il baissa aussitôt les yeux et bredouilla des excuses tout en reculant vers la porte, la refermant derrière lui. Elle resta figée là, mortifiée, l'imaginant raconter à tout le personnel de maison qu'elle allait être fouettée.

Elle l'avait bien mérité. Elle s'était donnée en spectacle avec sa crise de nerfs. Tête baissée, elle regagna sa chambre avec le cuir à rasoir et le tendit à Teddy avec une nouvelle révérence.

Il le lui prit des mains et la regarda, songeur. Elle sentit ses joues s'enflammer, et une goutte roula sur sa cuisse. Seigneur, de quoi s'agissait-il ? Était-ce à cela qu'il faisait référence, lorsqu'il avait parlé de préparer son corps au sexe ? Mais pourquoi la menace d'une punition éveillerait-elle son désir ?

— Vous resterez nue face à moi pendant que je vous punirai. Vous accepterez votre châtiment sans broncher. Si vous résistez, je recommencerai demain, ce qui sera beaucoup plus pénible sur un derrière déjà endolori.

Elle ouvrit la bouche, puis la referma, de peur qu'une protestation soit interprétée comme une rébellion.

— Vous pouvez vous exprimer, mon amour.

Mon amour. Il l'aimait. Le souvenir de ses mots l'emplit d'une nouvelle vague de chaleur, cette fois de l'intérieur. Cela l'aida à se souvenir que cet homme sévère était aussi l'homme qui venait de l'étreindre.

— Et si la punition est injuste ? demanda-t-elle.

— Vous pourrez plaider votre cause, mais si je décrète que cela suffit, vous accepterez mon verdict.

Elle s'inclina, tête baissée.

— Bien, Monsieur le Comte.

— Vous ne tenterez pas de cacher vos fesses. Sinon, je vous frapperai l'arrière des cuisses à la place, et je peux vous assurer que cela ne vous plaira pas.

— Bien, Monsieur le Comte.

— Répétez-moi les règles de votre punition.

Oh, Dieu du Ciel.

Elle avait l'impression de fondre de l'intérieur, à présent, et ses jambes la portaient à peine. Des gouttes continuaient de s'écouler entre ses cuisses. Elle prit une grande inspiration et tenta de parler d'une voix calme :

— Je resterai nue. Je ne broncherai pas. Je ne tenterai pas de cacher mes fesses.

— Gentille fille. Pourquoi êtes-vous punie ?

— Parce que j'ai fait un caprice au lieu de venir vous parler de ma colère.

— Merci.

Il écarta les jambes et les tourna vers le lit, avant de taper sur l'un de ses genoux.

— Prouvez-moi que vous êtes penaude.

Elle n'aurait jamais imaginé s'allonger sur ses genoux avec impatience, mais en cet instant, elle était presque soulagée de pouvoir cacher son visage dans les draps. Ce soulagement fut de courte durée, cependant, car elle se souvint qu'il ne s'apprêtait pas à la fesser du plat de la main ou avec une chaussure. Il allait la fouetter, et il risquait de lui tirer des larmes. Il plaça sa jambe libre sur celles de Phoebe pour la maintenir. Elle se raidit et attendit le premier coup de lanière, mais au lieu de cela, elle sentit sa main chaude caresser son derrière. L'humidité entre ses cuisses grandit de plus belle.

Ça alors, pourquoi était-elle si émoustillée ? Elle allait avoir mal, allait être humiliée, et pourtant, elle était presque capable d'oublier son orgueil, avec Teddy. Il connaissait déjà son secret le plus noir, et il n'avait même pas sourcillé. Alors pourquoi ne pas lui obéir et se soumettre à lui, l'homme qui lui avait prouvé qu'il l'aimait aussi bien en actes qu'en paroles ?

Une claque cinglante la tira de sa rêverie. Teddy abattit plusieurs fois la paume sur son derrière, la poussant à se tortiller dans sa poigne. Il n'eut aucun mal à la maîtriser, cependant, d'un bras autour de sa taille et d'une jambe sur les siennes. Elle retint son souffle, puis laissa échapper un cri, avant de se contenir à nouveau quand le feu se répandit à sa chair la plus vulnérable.

— Oh, Teddy ! s'exclama-t-elle.

— Chut, dit-il, alors que sa main continuait de s'abattre sur son pauvre derrière. Acceptez votre punition, Phoebe.

Elle serra les fesses et se débattit, luttant contre la douleur et l'assaut interminable.

— Quand deux personnes sont mariées, elles doivent œuvrer ensemble, ajouta-t-il. Me tourner le dos ne fait qu'aggraver les problèmes.

Elle songea à ce que Kitty lui avait raconté au sujet du père de Teddy. Il avait pris ses distances avec son épouse, et elle réalisait que cela était un sujet sensible pour Teddy. Toutefois, ce qu'il lui demandait était impossible. Face à un problème, soit elle faisait l'autruche, soit elle perdait toute maîtrise d'elle-même. Dans sa famille, l'on cachait la poussière sous le tapis et l'on couvrait le tout de mensonges plus joyeux. Et si elle avait parlé de Reddington à sa sœur ? Et si elle s'était plainte lorsque Maud la mettait en colère ? Cela lui semblait inimaginable.

Teddy interrompit sa fessée pour masser sa chair brûlante. Elle se souvint de la façon dont il l'avait forcée à s'exprimer, le soir où la prostituée s'était introduite dans sa chambre. Il l'avait allongée sur ses genoux, l'avait fessée, et l'avait interrogée jusqu'à ce qu'elle admette ce qu'elle attendait de lui.

— Teddy, et si je n'y arrive pas ?

— Quoi donc, mon amour ?

— Et si je n'arrive pas à vous parler lorsque je suis en colère ?

Il continua de caresser ses fesses, qui la brûlaient encore plus maintenant qu'il avait arrêté. Il les pétrit légèrement, puis leur donna une claque.

— Oh !

— Eh bien, vous apprendrez, ma colombe. Même si cela doit se faire sur mes genoux.

Elle sentit des larmes lui piquer les yeux, et Teddy se remit à la fesser avec sa main. Après l'interruption, la douleur était encore plus forte, et oubliant les règles, elle tenta instinctivement de se couvrir.

— Non, Phoebe.

Le claquement de sa paume à l'arrière de ses cuisses lui arracha un cri, et elle ôta ses mains, les coinçant sous son buste afin de ne pas céder à la tentation de nouveau.

* * *

Il avait envie de la fesser un long moment avec sa main avant de passer à la suite, afin de ne pas devoir manier le cuir à rasoir longtemps pour lui tirer des larmes. Retarder l'échéance en lui demandant de se déshabiller et de répéter les règles l'avait également aidé à la mener plus près de la reddition. À en juger par sa question, cette correction l'avait fait réfléchir à ce qu'elle aurait pu faire différemment.

Il cessa de la fesser avec sa main et sortit la lanière de cuir. Il envisagea de lui faire compter les coups à voix haute, mais il voulait qu'elle continue à réfléchir, plutôt qu'elle se concentre pour ne pas perdre le compte. Il abattit le cuir une première fois tout en haut de ses fesses. Elle poussa un hurlement de douleur, et il craignit que toute la maisonnée apprenne qu'il disciplinait son épouse. Mais c'était inévitable. Il lui donna un deuxième coup juste sous le premier, et le troisième tomba pile au centre, sur les deux fesses.

Dans cette position, il n'avait pas assez de recul pour la frapper de toutes ses forces, mais la lanière laissait tout de même des marques gonflées à chaque coup. Il continua de tracer des lignes soigneuses sur son derrière, puis lui asséna un dernier coup au dos des cuisses.

— Non, non, non, gémit-elle. Je ne m'étais pas cachée !

Il sourit.

— Vous avez raison, ma colombe. Je vous frapperai parfois à cet endroit pour marquer le coup, mais je prends en compte votre protestation.

Il remonta sur ses fesses et les gémissements de Phoebe se firent plus sonores.

— Je suis désolée ! Teddy ! Pitié ! Oh ! Non !

Il redescendit, et elle se tut à nouveau. Il en était à dix-huit coups. Il ne lui faudrait plus très longtemps, il le voyait bien. Il abattit la lanière à la jonction entre ses fesses et ses cuisses, un endroit qui lui rappellerait sa correction dès qu'elle s'assiérait. Il frappa cet endroit encore et encore, cinq fois, six fois, jusqu'à entendre un sanglot. Puis il se débarrassa du cuir à rasoir, mais poursuivit avec sa paume, au même endroit, d'abord à droite, puis à gauche, écoutant Phoebe pleurer à gros sanglots. Il la fessa une minute supplémentaire, le temps qu'elle évacue toutes ses larmes, puis il lui caressa doucement le derrière. Il était violacé, strié de marques de lanière.

À sa grande surprise, elle se redressa aussitôt, le prit dans ses bras et enfouit son visage mouillé dans son cou. Il lui embrassa le sommet du crâne et passa les mains le long de son dos nu, enivré par la douceur de sa peau.

— Phoebe, murmura-t-il.

— Je vous aime, Teddy, lui souffla-t-elle à l'oreille.

Il passa les jambes de Phoebe autour de sa taille de manière à ce qu'elle le chevauche, son membre dur comme fer contre son corps nu. Elle le sentit, et fit onduler son sexe moite contre le renflement. Il gémit. Il n'avait pas prévu d'amorcer un rapport juste après sa punition, mais elle semblait en avoir envie. Il se dépêcha de libérer son érection. Sans perdre une seconde, elle se positionna dessus, sans qu'il ait besoin de l'encourager ou de la guider dans cette position inédite.

Il haleta lorsqu'elle souleva le bassin et se laissa glisser sur lui, sa chaleur mouillée enveloppant son membre d'un seul coup. Il prit en main ses fesses gonflées pour l'attirer vers lui, et elle réagit avec enthousiasme, se frottant à lui plus vite, plus fort. Son rythme devint effréné, et il commença à perdre le contrôle.

— Oui, Teddy, l'encouragea-t-elle.

Son orgasme explosa, et il la serra contre lui pendant qu'il l'emplissait de sa semence. Elle n'avait pas joui, mais cela ne semblait pas la déranger, car elle l'embrassa. C'était un baiser passionné, le premier dont elle prenait l'initiative, et il savoura ce cadeau.

— Regrettez-vous de m'avoir épousé, à présent ? la taquina-t-il.

— Oui, je le regretterai dès que je m'assiérai demain.

Puis d'un air plus sérieux, elle lui caressa la joue et murmura :

— Merci.

— Pourquoi ?

Elle haussa les épaules.

— J'ai besoin de vous.

— J'ai moi aussi besoin de vous, Phoebe.

* * *

Plus tard ce soir-là, elle se brossa les cheveux, vêtue de sa chemise de nuit. Son derrière était endolori à cause de sa fessée, mais son cœur débordait d'amour et du désir de faire plaisir à son mari.

— Allez-vous m'apprendre le « *cada orificio* » ce soir ?

Teddy s'étouffa sur son lait chaud et lui adressa un énorme sourire. Ils étaient déjà restés au lit jusqu'au dîner, pendant que les domestiques remettaient de l'ordre dans leur chambre.

Le cœur de Phoebe battait la chamade contre son torse à cause de sa propre audace, et la réaction de son époux enflamma sa peau.

— J'aimerais beaucoup, répondit-il d'une voix grave et séduisante. Mais avant, je crois que je vais demander que l'on nous prépare un bain. Cela sera plus agréable si nous sommes fraîchement lavés.

Une baignoire leur fut apportée, et quand elle fut remplie, il congédia les domestiques.

— Vous vous baignerez la première, dit-il.

Il souleva la chemise de Phoebe, caressant au passage sa peau nue, puis la passa au-dessus de sa tête. Elle retint son souffle en voyant son air sombre et avide. Elle s'immergea dans l'eau chaude et s'assit. Agenouillé à ses côtés, Teddy prit un gant propre et le passa sur sa poitrine, faisant le tour d'un sein d'un geste langoureux. Elle vit l'intensité de ses battements de cœur dans le rythme auquel son téton dressé se soulevait. Elle posa les coudes de chaque côté de la baignoire afin de renverser la tête en arrière. Teddy continua de passer le gant sur chaque recoin de son corps dans un geste caressant, jusqu'à ce qu'il atteigne la jonction de ses cuisses. Là, il abandonna le gant et autorisa ses doigts à explorer ses replis sensibles. L'une des jambes de Phoebe tressauta en retour, mais elle écarta les genoux pour lui. Il la rendit folle en se contentant d'effleurer son centre, juste assez pour qu'elle frissonne et se languisse de ses caresses. La chaleur envahit son sexe, et elle se mit à haleter, son impatience de plus en plus inconfortable.

— Aurait-il envie de plus ? susurra-t-il, percevant sa détresse grandissante.

— Qui donc ? Oh ! s'écria-t-elle, réalisant qu'il parlait de son sexe.

Gênée, elle se mordit la lèvre, incapable de lui répondre.

— Sortez du bain.

Elle se leva si vite que des étoiles dansèrent devant ses yeux, mais Teddy la prit par le bras pour l'aider à garder l'équilibre tandis qu'elle sortait de la baignoire et il l'essuya avec une serviette avec tant d'attention que cela lui donna l'impression qu'elle avait bu trop de vin. Quand elle fut sèche, il déclara :

— Je ne prendrai qu'une minute.

Elle l'observa, consciente que c'était la première fois qu'elle le voyait complètement nu, lui ou n'importe quel autre homme. Il avait le torse large, parsemé de poils, avec des muscles sculptés. Son membre était épais, dressé, et continuait de s'allonger sous son regard attentif. Elle s'age-nouilla à côté de la baignoire et glissa timidement la main dans l'eau pour s'en saisir. Teddy retint son souffle, et son membre se contracta contre sa paume. Encouragée par sa réaction, elle le regarda dans les yeux et se demanda que faire ensuite. Les iris de Teddy étaient devenus plus sombres. Il plaça sa main sur la sienne et lui montra comment le saisir à la base avant de monter jusqu'à son extrémité plus large, de descendre, puis de remonter. Quand il lui lâcha la main, elle poursuivit toute seule, fascinée par la pulsation chaude sous ses doigts, et par la puissance qu'elle éprouvait en tirant des halètements à son mari.

— Ça suffit, dit-il brusquement d'une voix rauque.

Elle se rassit sur ses talons et le regarda sortir du bain

avant de se sécher à la hâte. Il s'allongea sur le lit, en appui sur les coudes.

— Approchez, ma colombe.

Elle déglutit, soudain transformée en véritable boule de nerfs. Elle rampa jusqu'à lui, saisit de nouveau son membre et baissa la tête.

— Voilà, comme ceci, susurra-t-il lorsqu'elle ouvrit les lèvres avec hésitation.

Elle en plaça simplement le bout dans sa bouche, émerveillée que cet organe si dur soit couvert d'une peau si douce.

— Oui, Phoebe. Plus profondément.

Elle lui jeta un regard, et, lisant le désir primitif et animal sur son visage, elle ouvrit grand la bouche pour l'accueillir davantage en elle. Son gémissement lui servit d'encouragement. Elle remonta, puis testa l'effet qu'avait sa langue sur l'extrémité de son membre.

— Oh, Phoebe, gémit-il.

Elle sourit et lui donna des coups de langue plus rapides, observant une goutte de fluide apparaître à son sommet. Elle la lapa, remarqua son goût salé, puis se remit à lécher les contours de son sexe avant de le prendre une nouvelle fois en bouche. Il la récompensa d'un nouveau gémissement.

— Phoebe, dit-il d'une voix rauque. Retournez-vous.

— Pardon ? demanda-t-elle, déroutée, avant de regarder derrière elle.

Il se redressa et lui tendit les mains.

— Donnez-moi vos jambes.

Toujours perplexe, elle rampa vers lui. Il la prit par la taille et la fit pivoter jusqu'à ce qu'elle se retrouve allongée sur lui à l'envers, ses fesses face à son visage, sa bouche près de son membre. Elle se cambra lorsqu'il lécha son sexe.

— Oh !

Une petite tape tomba sur son derrière endolori.

— Continuez de sucer, ma chérie.

Elle poussa un petit gémissement et ouvrit la bouche pour l'avaler, incapable de se concentrer pendant qu'il promenait la langue entre ses grandes lèvres.

— Oh, Teddy !

Une autre tape.

— Concentrez-vous, ma colombe.

— Comment le pourrais-je, quand vous me distrayez ainsi ?

Trois claques au même endroit lui arrachèrent un petit cri.

— Vilaine épouse. Faites ce que je vous dis, ordonna-t-il.

Il la saisit par les hanches avec fermeté pour qu'elle ne puisse plus bouger, et il œuvra de plus belle avec sa langue. Elle se trémoussa et se remit à aller et venir sur son membre avec la même vigueur, son enthousiasme de plus en plus grand tandis que l'excitation montait en elle.

Lorsqu'il glissa un doigt en elle, elle se figea.

— Poursuivez, vilaine fille ! lui lança-t-il en riant.

— Oh !

Elle se consacra de nouveau à sa tâche, peinant à maîtriser les va-et-vient profonds de sa bouche à cause des doigts de Teddy dans son sexe. Quand il colla un autre doigt à son entrée de derrière, elle l'avala jusque dans sa gorge avant de se redresser avec un petit cri. Teddy poussa une exclamation, lui aussi, puis il reprit son exploration. Un doigt enfoncé devant et un autre derrière, il la caressa avec sa langue jusqu'à ce que la sensation la fasse presque hurler, et l'orgasme qui la submergea la secoua profondément.

Sans perdre une minute, Teddy lui donna une nouvelle claque sur le derrière et la mit à quatre pattes. Aussitôt, il plongea en elle si profondément qu'elle crut qu'il l'avait déchirée en deux et il poussa un cri de triomphe si puissant qu'il résonna dans la pièce.

CHAPITRE SEPT

Avec le recul, elle se dit qu'elle aurait dû reconnaître la jument grise attachée dans l'écurie. Alors qu'elle rentrait d'une promenade en calèche, la main fermement serrée sur celle de Teddy, la perspective de recevoir une visite inattendue était agréable, et elle descendit avec un sourire.

Standish les accueillit sur le seuil.

— Lord Reddington est là pour vous voir, Monsieur le Comte. Il a passé toute la matinée ici et a insisté pour attendre votre retour.

Le visage de Teddy se ferma.

— Montez dans notre chambre, mon amour. Je vais voir votre beau-frère.

Elle hocha la tête et monta lentement l'escalier, l'esprit en ébullition. Que pouvait bien vouloir Reddington ? La dernière fois qu'ils l'avaient vu, lors de cette soirée terrible, Teddy avait failli l'étrangler à mort. Était-il possible qu'il soit venu se venger ? Elle marqua une pause en haut des marches. Si tel était le cas, elle devait intervenir.

Mais Teddy n'avait manifestement pas voulu qu'elle écoute leur conversation, sinon il lui aurait suggéré d'attendre dans le petit salon et non dans leur chambre. Elle se tordit les mains, paralysée par l'indécision. Le souvenir du visage furieux de Reddington lorsqu'elle l'avait vu pour la dernière fois la poussa à l'acte. Elle redescendit prestement l'escalier et se planta derrière la porte du bureau de Teddy pour les écouter.

Elle n'entendait rien. Tournant lentement la poignée tel un cambrioleur, elle entrouvrit la porte et jeta un regard à l'intérieur. Ce qu'elle vit la poussa à ouvrir la porte à la volée et à se ruer dans la pièce.

Teddy était à genoux, la tempe en sang, un pistolet braqué sur le front. Son visage était un masque de fureur glaciale.

Non.

Le cœur serré, elle s'exclama :

— Que faites-vous ?

— Je tue votre époux, Phoebe. J'obtiens réparation.

Décidément, quelque chose ne tournait pas rond chez Reddington. Il ne semblait pas en colère, il semblait fou. Les joues rouges, il transpirait à foison, et des gouttes coulaient le long de ses favoris pour mouiller son col et son foulard.

Elle allait devoir le calmer, d'une manière ou d'une autre. Elle fit quelques pas hésitants dans sa direction.

— Le tuer ne vous apaisera pas, Clayton, dit-elle d'une voix égale.

Il leva brusquement les yeux, surpris qu'elle l'appelle par son prénom.

Elle continua d'approcher lentement.

— C'est moi que vous voulez, n'est-ce pas ?

Le regard de Reddington passa d'elle à sa cible plusieurs fois. Il se balança d'un pied sur l'autre et essuya sa sueur avec sa manche. Puis son bras jaillit, et il l'attrapa par les cheveux. Elle poussa une exclamation.

— Ne la touchez pas ! grogna Teddy.

Quand il fit un geste, Reddington lui donna un coup sur la tête avec le canon de son arme.

Phoebe se débattit, cherchant à soulager la douleur dans son cuir chevelu. Il la tira vers lui et lui renversa la tête en arrière pour qu'elle le regarde.

— Vous avez choisi ce gandin à ma place ? dit-il d'un ton moqueur en assénant un coup de pied dans le ventre de Teddy.

— Laissez-le tranquille ! s'écria-t-elle.

Puis, désespérée, elle improvisa :

— Vous étiez marié. J'aurais voulu rester, mais vous étiez marié à Maud, ma propre sœur. Comment aurais-je pu vous choisir ?

Reddington la regarda d'un air perdu. Son visage étonnamment expressif laissa transparaître un espoir enfantin avant de redevenir froid et cruel.

— J'aurais préféré vous avoir vous plutôt qu'une douzaine de Maud ! Mais il est trop tard, à présent, dit-il, de plus en plus rougeaud. Vous êtes... vous êtes *souillée* !

En prononçant ce dernier mot, il postillonna sur le visage de Teddy, qui prit une expression meurtrière.

— Non, mentit-elle. Nous dormons chacun dans notre chambre. Je... je l'ai autorisé à rester libre, à garder ses maîtresses. Je l'ai uniquement épousé pour son titre.

Reddington l'observait avec une lueur calculatrice dans les yeux, à présent. Elle jeta un regard nerveux à Teddy, espérant qu'il comprendrait sa tactique.

— Vous me faites mal, gémit-elle avec douceur en battant légèrement des cils.

Il la lâcha.

— Libérez-le, il ne représente rien à mes yeux, l'implora-t-elle. Laissez Fenton, et je partirai avec vous.

— Il en est hors de...

Le coup que Reddington asséna à la tempe de Teddy avec le canon de son arme fit taire les protestations de son époux.

— Non ! glapit-elle lorsqu'il s'écroula les paupières papillonnantes.

Mon Dieu, faites qu'il soit en vie. Pitié, faites qu'il soit toujours en vie.

— Ce n'est pas nécessaire, Monsieur. Je vous en prie, calmez-vous et réfléchissez. Si vous tuez Fenton, vous serez pendu pour meurtre.

La bile lui montait dans la gorge, mais elle parvenait à garder une voix calme. Elle tira Reddington par la manche et mentit avec de grands yeux innocents, comme la fille naïve qu'elle avait été avant qu'il abuse d'elle :

— Je ne veux pas que l'on vous pende, Clayton. Venez. Je vais rentrer avec vous. Partons avant qu'il se réveille.

Reddington lança un regard dubitatif à Teddy, puis à Phoebe. Elle lui fit de nouveau les yeux doux. Les sourcils froncés, il se dégagea. Une vague de déception et de peur la submergea, mais soudain, il la saisit fermement par le bras et se dirigea vers la porte en l'entraînant à sa suite.

Dieu merci. Teddy était sauvé.

Reddington glissa le pistolet dans la poche de sa veste, mais le colla contre le flanc de Phoebe.

— Allons-y. Si vous dites quoi que ce soit aux domestiques – vraiment quoi que ce soit – je vous tuerai, puis je reviendrai l'abattre. C'est compris ?

Elle hocha la tête, les côtes tellement enserrées dans son corset qu'elle avait le tournis. Il lui lâcha le bras, glissant la main sous son coude comme s'il l'escortait courtoisement à travers la demeure. Le canon métallique de l'arme s'enfonçait dans sa chair à travers son corset et sa robe, provoquant son anxiété tandis qu'elle tentait de croiser le regard de Standish. Mais le majordome n'était pas là, et ils sortirent sans qu'elle puisse avertir quiconque de l'état de Teddy ou de sa terrible situation.

Dans l'écurie, Reddington jeta un regard à sa jument.

— Vous pouvez prendre la calèche, proposa-t-elle aussitôt.

Hensley, le cocher, s'avança vers eux.

— Vous rendez-vous chez les Reddington, Madame la Comtesse ?

— Non, répondit Reddington alors qu'elle disait « oui » d'une voix faussement enjouée.

Elle ignorait ce que lui réservait son beau-frère, mais elle avait déjà décidé que sa maison serait l'endroit le plus sûr, car sa sœur et leurs domestiques seraient susceptibles de la protéger, et Teddy irait certainement la chercher là-bas. *S'il survivait.*

Elle repoussa l'image de Teddy inerte sur le sol. Pour le moment, elle devait empêcher Reddington de lui trancher la gorge et de la jeter dans la Tamise.

— Ramenez-moi à la maison, implora-t-elle Reddington, comme si sa demeure était toujours son foyer, grimaçant intérieurement en songeant à ce qu'Hensley en penserait.

Reddington cilla.

— Maud comprendrait que mon union n'ait pas fonctionné, insista-t-elle.

Reddington finit par hocher la tête d'un air décidé.

— Chez moi, ordonna-t-il d'un ton autoritaire.

Les domestiques se mirent en branle, et Phoebe se sentit de nouveau étourdie, mais de soulagement, cette fois.

— Bien, Monsieur, dit Hensley, incapable de retenir un regard curieux en direction de Phoebe.

Il l'aida à monter dans la calèche, et Reddington s'installa à sa suite. Il s'assit à côté d'elle et la prit par la main, la serrant si fort qu'elle dut se mordre la lèvre pour ne pas crier.

C'était le jour et la nuit entre ce geste et la douceur de Teddy, qui jouait avec ses doigts sur ses genoux, ou bien massait le muscle de son pouce. Reddington était cruel, possessif.

Le trajet fut court, trop court. Elle avait envie de supplier Hensley de rester, de lui faire comprendre son calvaire, mais elle ne savait pas comment le faire discrètement. Alors elle le congédia et suivit Reddington qui la tirait brutalement par le coude. Une fois à l'intérieur, il la mena directement dans son bureau.

Le nœud dans son estomac prit de l'ampleur lorsqu'elle observa la pièce familière, avec son odeur qui lui rappelait la vie oppressante qu'elle avait menée dans cette demeure. Les joues rouges de Reddington lui confirmaient ce qu'elle avait craint : il comptait la posséder sans attendre.

* * *

Phoebe

Il se redressa trop vite et le sang lui monta à la tête, le faisant vaciller sur un genou avant qu'il parvienne à se mettre maladroitement debout.

Où était-elle ? Où étaient-ils partis ?

Il se rua hors de la pièce, ignorant sa douleur étourdissante à la tempe.

— Phoebe ! rugit-il.

— Elle est sortie, Monsieur le Comte, lui dit Sarah, l'une des femmes de chambre. Avec Lord Reddington.

Il poussa un juron.

— Il y a combien de temps ?

— Euh, juste après être sortis de votre bureau, Monsieur.

— Quand ça ? demanda-t-il d'un ton sec, incapable de contenir sa panique.

Sarah semblait apeurée.

— Monsieur le Comte, vous saignez !

— Combien de temps ?

— Pas très longtemps. Je ne sais pas... un quart d'heure ?

Standish arriva à toutes jambes en l'entendant crier.

— Envoyez un homme chez le magistrat, dites-lui d'envoyer un agent de police chez Lord Reddington. Et dites à Doyle et Hartford de m'accompagner immédiatement. Qu'ils me retrouvent aux écuries.

— Bien, Monsieur le Comte. Que s'est-il passé ?

— Reddington a enlevé ma femme, gronda-t-il les dents serrées.

Il regagna son bureau à la hâte pour prendre l'arme qu'il avait volée à Reddington le soir de sa rencontre avec Phoebe, et il le fourra dans la poche de sa veste.

Sa calèche avait disparu, mais la jument de Reddington attendait toujours. Il la monta et attendit les deux valets de pied, qui étaient jeunes et assez agiles pour lui servir de renforts.

Une fois les deux hommes arrivés et en selle, ils se mirent en route, lançant leurs montures au galop dans les rues animées de Londres. Il priait pour que Reddington ait emmené Phoebe chez lui. Dans le cas contraire, il ne saurait pas où chercher. Lorsqu'ils arrivèrent, il poussa un juron en constatant que sa calèche n'était pas là. Mais Reddington ou Phoebe avait peut-être congédié Hensley. Il descendit de cheval, sortit le pistolet de sa poche et se précipita vers la porte, à laquelle il tambourina.

Lorsqu'elle s'ouvrit, il pointa son arme sur la tête du majordome.

— Conduisez-moi à mon épouse.

L'homme écarquilla les yeux et trébucha en arrière, et Teddy en profita pour le suivre à l'intérieur et regarder alentour, l'oreille dressée. Il donna un petit coup au majordome avec le canon de son arme.

— Où ? siffla-t-il.

— Dans... dans le bureau, Monsieur.

Teddy n'attendit pas qu'on l'escorte ou que l'on annonce son arrivée. Il traversa le couloir à grands pas, talonné de près par Doyle et Hartford. La porte était fermée à clé.

— Aidez-moi, dit-il. Un, deux, trois...

Doyle et lui donnèrent un grand coup d'épaule dans le battant, sans succès.

— Encore. Un, deux, trois.

Cette fois, la porte s'enfonça, mais au même instant, un coup de feu retentit et une douleur cuisante lui traversa le haut du bras.

— Teddy ! s'exclama Phoebe.

Elle se libéra de Reddington, sa robe et son corset grands ouverts pour dévoiler l'un de ses seins. Elle se jeta dans ses bras, et il l'étreignit avec son bras blessé, braquant de l'autre son arme sur un Reddington enragé qui se ruait vers eux.

Son tir frappa Reddington à la gorge, et l'homme tomba à leur pied dans un cri étranglé.

Un instant plus tard, les domestiques se massèrent sur le seuil, et Doyle les chassa en leur criant :

— Arrière ! Personne n'entre. C'est fini. Un agent de police est en route.

Phoebe était agrippée à Teddy, tremblante, apparemment incapable de parler.

— Tout va bien, c'est terminé, murmura-t-il. Tout est arrangé. Il ne vous touchera plus jamais.

— Je suis désolée, Teddy, répondit-elle d'un ton plein de chagrin qui lui brisa le cœur.

— Ce n'est pas de votre faute. Rien n'est de votre faute. Cet homme avait perdu l'esprit.

Maud se fraya un chemin dans la pièce et poussa un hurlement à glacer le sang.

— Ferme-la, Maud, lança Phoebe d'un ton sec par-dessus l'épaule de Teddy.

Il était fier d'elle. Il savait qu'elle n'avait pas pour habitude de tenir tête à sa sœur.

— Faites-la sortir, ordonna-t-il à la foule de domestiques. Elle ne devrait pas voir ça.

— Que s'est-il passé ? s'enquit Maud d'une voix éraillée, le visage blanc comme un linge.

— Il m'a tiré dessus, alors j'ai répliqué. Il essayait de me voler mon épouse.

Maud ouvrit de grands yeux et se plaqua les mains sur la bouche, ravalant le sanglot qui lui secouait la poitrine.

— Oh, Phoebe ! s'écria-t-elle en approchant.

Il crut lire du remords dans son expression, lui confirmant qu'elle avait su ce que son mari faisait subir à sa sœur.

— Phoebe, répéta-t-elle d'un air perdu.

— Va donc t'allonger, Maud, répliqua Phoebe d'un ton maussade.

Sa sœur hocha la tête et quitta la pièce en reniflant.

Phoebe se dégagea.

— Vous avez dit qu'il vous avait tiré dessus...

Elle laissa sa phrase en suspens en remarquant son bras trempé de sang. Il la rattrapa lorsqu'elle s'évanouit, et vacilla à son tour car il était à bout de forces. Hartford les secourut tous deux en lui apportant un fauteuil. Il s'y écroula, Phoebe inerte dans ses bras.

Il perdit la notion du temps, remarquant mollement que Doyle et Hartford fermaient la porte et disaient aux domestiques qu'ils ne devaient toucher à rien avant l'arrivée de la police.

Les paupières de Phoebe se mirent à papillonner, et elle se redressa sur ses genoux.

— Teddy, on vous a tiré dessus !

— Ce n'est rien, ma chérie. Comment vous sentez-vous ?

— Teddy, on vous a *tiré* dessus.

Elle se tourna vers Doyle.

— Faites venir un médecin, immédiatement !

— C'est déjà fait, Madame la Comtesse.

— Je vais bien, Phoebe. Je vais bien. Je vous le promets, dit-il avec douceur alors que des larmes se mettaient à couler sur les joues de son épouse.

— Promis ?

— Promis.

— Teddy...

Sa voix était tendre, pleine d'émotion. Il adorait l'entendre prononcer son prénom sur ce ton.

Deux agents de police arrivèrent. Doyle et Hartford leur contèrent les événements tels qu'ils les connaissaient, et Phoebe remplit les blancs. Teddy commençait à trembler, affaibli par le choc. Le médecin fit son entrée en plein interrogatoire et Phoebe le mena à lui.

— Le voici, Docteur. Il a été touché au bras.

Elle avait déjà ôté la veste et le gilet de Teddy, ne laissant plus que sa chemise tachée de sang et les linges que les domestiques lui avaient apportés pour faire pression sur la plaie.

— Ce n'est qu'une égratignure, dit-il en adressant un clin d'œil à sa femme pour détendre l'atmosphère.

— J'aimerais vous mettre au lit, Monsieur le Comte, dit le médecin.

— Eh bien, je préférerais m'y rendre avec mon épouse, mais si vous insistez, je partagerai ma couche avec vous dès que possible.

— Teddy, le gronda Phoebe, même s'il percevait une note amusée dans sa voix.

Le médecin rit.

— Je suis heureux de constater que vous n'avez pas perdu votre sens de l'humour, Monsieur le Comte. Jetons un œil.

Il déchira la manche de sa chemise pour exposer la blessure. Teddy grimaça lorsqu'il lui souleva le bras et l'examina sous tous les angles.

— Vous avez eu beaucoup de chance, Monsieur. Oui, beaucoup de chance. La balle a uniquement traversé la partie charnue de votre bras. Les os et les artères ne semblent pas touchés, et je ne trouve aucun résidu de plomb dans la plaie.

Phoebe poussa un soupir de soulagement.

— Dieu merci ! s'exclama-t-elle.

Voilà ce que ça fait d'avoir une femme. Une sensation chaleureuse envahit sa poitrine tandis que sa vision se troublait.

* * *

Assise entre leur lit et la fenêtre, elle regardait la rue en contrebas pendant que Teddy dormait. Le médecin l'avait couché la veille au soir une fois sa plaie nettoyée et bandée et lui avait expliqué comment changer les bandages et appliquer les onguents. Teddy avait dormi toute la nuit, sans même se réveiller pendant le changement de ses bandages, et à midi, il n'était toujours pas réveillé. Mrs Reeves, la gouvernante, lui avait dit de ne pas s'inquiéter, qu'il n'avait pas de fièvre et avait besoin de se reposer, mais Phoebe ne pouvait pas s'empêcher de se faire du souci.

Dire qu'il aurait pu mourir la veille ! Cette idée lui glaçait le sang. Et après les nouveaux attouchements de Reddington, elle n'arrivait pas à se débarrasser de sa nausée. Sur le moment, elle s'était torturé l'esprit, se demandant s'il valait mieux se débattre ou le laisser faire. Comme une lâche, elle avait choisi la deuxième solution, raisonnant qu'il s'agissait peut-être de sa seule chance de garder la vie sauve. À présent, elle avait l'impression d'avoir trahi son époux.

Elle se tourna vers lui et fut surprise de constater qu'il l'observait.

— Vous êtes réveillé !

— Vous êtes très belle à la lumière du matin, dit-il dans le murmure plein de douceur d'un amant.

— Ce n'est plus le matin, mon amour, il est deux heures et demie !

Il sourit.

— C'est la première fois que vous m'appelez mon amour.

Elle se leva de son tabouret pour aller s'asseoir à ses côtés sur le lit. Elle lui caressa la joue.

— Mon amour, répéta-t-elle. Comment vous sentez-vous ?

— Bien. J'ai un léger mal de tête, rien de plus. Vous n'avez aucune inquiétude à avoir.

Il plaça le pouce sur le front de Phoebe et massa le pli entre ses sourcils. Elle s'empara de sa main et la porta à ses lèvres.

Il sourit.

— Je devrais me faire tirer dessus plus souvent. J'ignorais que vous étiez si attentionnée.

Amusée, elle l'embrassa.

— Quel sot !

Il se fit plus sérieux et la regarda avec inquiétude.

— Je regrette de ne pas avoir pu pour prendre dans mes bras hier soir. Je me suis endormi avant que tout le monde quitte la chambre, n'est-ce pas ?

Elle hocha la tête.

— Racontez-moi ce qui s'est passé après que je me suis évanoui dans mon bureau.

Elle prit une inspiration et pria pour que Teddy lui pardonne.

— Je lui ai dit que je rentrerais avec lui, que je vous quitterais. Je suis désolée, mais il semblait avoir perdu l'esprit...

Teddy se raidit.

— Et ensuite ?

Elle lissa sa jupe sur ses cuisses.

— Il nous a menés chez lui en calèche.

Se souvenant que Hensley avait entendu ce qu'elle avait dit à Reddington, et craignant qu'il le répète à son époux, elle s'expliqua :

— Je lui ai demandé de m'y emmener, que mon mariage n'avait pas fonctionné. J'espérais que Maud ou un domestique m'aiderait, si nous allions là-bas, voyez-vous...

Teddy avait une expression sinistre.

— Et ensuite ?

Elle se tritura les mains, apeurée par sa méfiance.

— Il m'a aussitôt traînée dans son bureau.

Soudain, les larmes lui montèrent aux yeux.

— Je l'ai laissé me toucher. Je ne me suis pas débattue, tout comme je ne me suis pas débattue la première fois. J'ai été lâche !

Teddy l'enlaça.

— Non, vous n'êtes pas lâche. Vous avez été très, très avisée de faire cela. Il avait un pistolet, et si vous vous étiez débattue, il vous aurait tuée. Vous avez fait ce qu'il fallait, et je suis fier de vous.

Un sanglot de soulagement quitta la gorge de Phoebe.

— J'ai l'impression de vous avoir trahi, gémit-elle contre son torse.

Il la berça.

— Allons, allons. Non, vous nous avez sauvés tous les deux grâce à votre présence d'esprit. Je suis navré de ne vous avoir pas protégée de Reddington. Je m'en veux.

Elle se raidit et leva la tête.

— Mais vous m'avez protégée, Teddy, dit-elle d'une voix éraillée. Vous m'avez sauvée.

Sa question n'était qu'un murmure :

— Suis-je... arrivé à temps ?

Elle hocha la tête.

— Oui, Monsieur le Comte.

Elle vit le soulagement sur son visage tandis qu'il blottissait sa joue contre son torse.

— Êtes-vous en colère contre moi ?

— Bien sûr que non. Vous êtes une victime dans tout cela. Depuis le début. Seul Reddington est à blâmer.

Elle souffla. Aux côtés de Teddy, elle avait encore beaucoup à apprendre sur la confiance. Il n'avait pas douté d'elle un seul instant.

— Et Reddington est mort, à présent, dit-elle.

Ce qui lui rappelait un autre sujet épineux : le destin de sa sœur.

— Je suppose que Maud devra s'installer chez nous à présent, n'est-ce pas ? demanda-t-elle d'un ton hésitant.

Il hésita.

— Est-ce ce que vous souhaitez ?

— Eh bien, je ne pense pas qu'elle puisse demeurer chez Reddington. Le titre de propriété sera légué à un cousin, puisqu'elle n'a jamais réussi à concevoir.

— Oui, je comprends qu'il m'échoira de l'entretenir, mais souhaitez-vous qu'elle s'installe ici, avec nous ?

Une pointe de jalousie la fit serrer les dents.

— Vous m'avez promis de ne jamais...

Teddy rit.

— Ceci est une promesse que j'ai l'intention de tenir. Mais nous ne sommes pas obligés de la recevoir chez nous, mon amour. Je pourrais lui acheter un cottage, ou l'envoyer vivre avec ma mère. Vous n'êtes pas obligées de cohabiter si vous ne voulez pas d'elle.

Phoebe se sentit rougir.

— Serait-ce cruel de ma part ?

— Pour ma part, je ne veux certainement pas d'elle ! s'exclama Teddy.

Elle gloussa de soulagement et leva la tête vers lui.

— Je vous adore, Lord Fenton.

— Moi de même, Lady Fenton.

Il posa ses lèvres sur les siennes dans un baiser plein de tendresse et d'amour.

CHAPITRE HUIT

Le visage pâle de Phoebe était pincé par l'angoisse. Assise sur le sofa dans le bureau de Teddy, elle avait entre les mains le premier volume de son recueil de poésie, fraîchement sorti de chez l'imprimeur. Elle le feuilletait d'un geste frénétique, les yeux brillants.

— Phoebe, dit Teddy avec douceur. Vous n'avez pas besoin de continuer à réviser. Vous avez déjà choisi les poèmes que vous lirez.

Elle l'ignora et continua de feuilleter le recueil à toute allure.

— Phoebe.

Elle ne leva pas les yeux et n'interrompit pas ses gestes enfiévrés.

Il ouvrit le tiroir de son bureau et en sortit la règle en bois qu'il avait achetée pour remplacer celle qu'il avait cassée. Il sourit dans sa barbe. Elle le vit à peine s'asseoir à ses côtés, mais quand il l'allongea sur son genou, elle poussa un cri de protestation.

— Teddy ! Que faites-vous ?

Il souleva ses jupons et glissa la main dans la fente de ses dessous afin de caresser lentement sa peau nue.

— Teddy, je n'ai pas le temps pour cela !

Il ouvrit davantage la fente de ses dessous et brandit la règle.

— Mauvaise réponse, ma colombe.

Un coup claqua sur sa chair.

— Aïe ! Teddy ! Arrêtez !

Il continua de la frapper avec la règle.

— Non, mon amour. Je pense que cela vous aidera à vous concentrer et à vous détendre. En plus, c'est ainsi que tout a commencé, vous rappelez-vous ?

Elle se trémoussait sur ses genoux, manifestement frustrée.

— Que cela a commencé ? répéta-t-elle d'un ton exaspéré.

— Votre livre. Vous rappelez-vous ? Je vous ai surprise à mon bureau, et...

— Oui, oui, je m'en souviens ! Aïe ! Teddy, cessez donc !

— Vous devriez savoir, désormais, que me dire d'arrêter est inutile. Si je me suis mis en tête de vous fesser, je le ferai.

Sa chair frémissante commençait à prendre une jolie teinte rosée, et l'image alléchante de son sexe mouillé fit durcir son membre. Il interrompit son assaut pour glisser un doigt entre ses fesses.

— Je ne vous ai pas encore appris à m'accueillir par ici, n'est-ce pas ? s'enquit-il en faisant le tour de la petite fleur de son anus.

Elle poussa un petit cri et se contracta. Il ramassa la règle en bois et lui en asséna cinq coups.

Elle resta crispée, tout en se tournant pour se couvrir.

Il émit un son réprobateur.

— Que vous avais-je dit sur le fait de vous cacher ?

Il lui donna un coup derrière les cuisses, et elle poussa un hurlement.

— Je suis désolée ! Teddy, je vous en prie. Arrêtez !

— Dites-moi pourquoi la réception vous effraye.

— J'ai peur qu'ils me détestent !

Il lui donna trois coups de règle rapides.

— Personne ne vous détestera. Quoi d'autre ?

— J'ai peur de perdre le fil de ma lecture.

Il lui asséna deux nouveaux coups.

— Je vous interdis de perdre le fil, dit-il d'un ton faussement autoritaire.

Elle gloussa.

— Quoi d'autre ?

— J'ai peur que Maud dise quelque chose qui me fera passer pour une sotte.

Il lui massa les fesses.

— Si Maud fait la moindre remarque méprisante à votre égard, je la traînerai dans mon bureau et je la fesserai avec cette règle jusqu'à ce qu'elle implore ma pitié.

Elle rit.

— Cela me plairait *presque.* Sauf que je me souviens que vous l'avez déjà fessée, et cette idée me rend folle de jalousie.

Une pointe de regret l'envahit.

— Je n'aurais jamais, jamais dû fréquenter votre sœur. Je suis navré que ce souvenir vous heurte.

— Oui, mais si vous n'aviez pas fréquenté ma sœur, je ne serais jamais devenue votre épouse, n'est-ce pas ? Alors moi, je ne le regrette pas. Je regrette que vous me fessiez à présent, cela dit. Avez-vous bientôt terminé ?

Il lui donna plusieurs coups de règle.

— Insolente ! Je crois que Madame a besoin d'être remise à sa place.

Il la souleva et lui ordonna d'un ton sévère :

— Agenouillez-vous.

Son visage empourpré après être restée tête en bas faisait

ressortir le bleu des yeux de Phoebe. Elle le regarda d'un air hébété.

— Vous m'avez entendu. Agenouillez-vous, le buste sur le sofa.

Elle obéit lentement tandis qu'il se mettait debout et soulevait de nouveau ses jupons, baissant ses dessous pour dévoiler ses fesses rebondies et endolories. Il s'agenouilla derrière elle et glissa une main sous son ventre pour caresser son sexe, lui tirant un frisson et un gémissement. Elle était prête à être conquise, gonflée et trempée de ses fluides naturels. Il traça de petits cercles autour de son bouton de plaisir, qu'il sentit durcir et s'allonger sous ses doigts. Il appliqua une généreuse dose de salive sur son membre et écarta les fesses de Phoebe.

— Teddy !

Pour toute réponse, il lui donna une légère claque entre les cuisses.

— Vilaine épouse. Acceptez votre punition.

— Oh... oh ! gémit-elle lorsqu'il se pressa contre son anneau de muscles serrés tout en caressant son sexe trempé.

— Ouvrez-vous pour moi. Poussez légèrement. Voilà. Gentille fille.

Il s'ouvrit une brèche et se glissa en elle. Phoebe poussa un cri étranglé.

Il accéléra le rythme de ses caresses, et les muscles de Phoebe se détendirent pour lui.

— Gentille fille, répéta-t-il en la pénétrant lentement, avec douceur.

— Oui, Teddy ! Teddy ! haleta-t-elle.

L'idée de prendre son épouse de cette façon l'enivrait, ainsi que la sensation, et il sut qu'il atteindrait l'extase remarquablement vite. Il fit pleuvoir une succession de tapes sur son sexe tandis que son propre orgasme montait, encouragé par les petits cris suppliants de Phoebe. Lorsqu'il atteignit les sommets, il poussa une exclamation, et Phoebe contracta les muscles à son tour, enserrant son membre de telle manière que sa semence jaillit avec une férocité inattendue.

Quand le moment passa, il se retira avec précaution.

— Ma douce Phoebe, susurra-t-il. Ma petite poétesse. Vous êtes merveilleuse.

Elle se tourna vers lui pour lui sourire par-dessus son épaule, ses cheveux échappant à leurs épingles pour tomber en ondulations soyeuses autour de son visage rose.

— Ne bougez pas, dit-il avec douceur.

— Pourquoi ? demanda-t-elle, perplexe.

— Parce que je souhaite me souvenir de vous ainsi. Vous êtes tellement belle...

Elle rit.

— Quelque chose me dit que je ne devrais pas me montrer dans cet état à la réception chez les Westerfield.

Il lui sourit tendrement.

— Non, sans doute pas. Vous sentez-vous mieux ?

— Beaucoup mieux, admit-elle.

Cela ne faisait aucun doute. Son visage et ses épaules s'étaient détendus, et elle rayonnait, la rendant plus charmante que jamais.

— L'heure est-elle venue de nous mettre en route ?

Teddy chassa les cheveux qui lui tombaient dans les yeux.

— Oui, mon amour. Et si vous vous prépariez pendant que j'appelle la calèche ?

Il l'aida à se mettre debout et la retint par le coude tandis qu'elle sortait du bureau d'un pas vacillant. Elle avait les fesses en feu après sa correction, et son anus était également endolori, mais une sensation de félicité lui parcourait tout le corps.

Elle monta l'escalier avec des jambes flageolantes et s'assit à sa coiffeuse pour replacer les épingles dans ses ondulations. Son trac à l'idée de devoir lire ses poèmes lors de la réception organisée en son honneur par les Westerfield cette après-midi-là s'était envolé. Ne restaient plus qu'un grand calme et une impression de volupté. Cette paix intérieure ne la quitta pas durant le trajet en calèche, ni durant sa rencontre avec les invités des Westerfield.

Elle ne défaillit même pas lorsque Kitty la présenta à toute l'assistance et l'invita à lire. Elle avait l'impression d'être sur un petit nuage pendant qu'elle contemplait Teddy, Wynn et Kitty, trois personnes qui l'estimaient sincèrement. Des personnes sur lesquelles elle pouvait compter. Ils lui lançaient des sourires encourageants. Maud était également présente, mais Phoebe ne se laissa pas décontenancer. Elle ouvrit son recueil et commença à lire :

Jonc

Aujourd'hui, je me répands
Un duvet jaillit de mes oreilles, de ma bouche
Du coton pousse sur ma tête.
L'été a été long, j'ai absorbé lumière, saison.
Attendu mon heure, préservé mon enveloppe.
Comme les gentes dames m'admireront.

Elle lut plusieurs autres poèmes avant de retourner aux côtés de son époux, qui l'enlaça et l'embrassa sur la bouche devant tout le monde.

— Vous avez été épatante.

— Je vous aime, Lord Fenton.

Il sourit et lui caressa la lèvre inférieure.

— Merci pour tout cela. Pour avoir publié mes poèmes.

— Je n'ai pas publié vos poèmes. Tout le mérite vous revient, dit-il en l'admirant comme si elle était la femme la plus passionnante de la pièce.

Ces attentions la faisaient fondre. Après deux mois de plénitude conjugale, elle avait encore du mal à croire que Teddy était à elle. Mais il était bel et bien là, et il la comblait. Il débordait d'attentions et prenait l'initiative au lit, exigeant d'elle qu'elle se donne pleinement à lui, ce qu'il lui rendait en mille.

— La seule chose dont je m'attribuerai le mérite, Lord Fenton, c'est la façon dont je vous ai piégé pour que vous m'épousiez, car il s'agit de mon stratagème le plus rusé.

Il lui adressa un sourire indulgent.

— La demoiselle qui a sauvé le chevalier. Je ne m'en remettrai jamais.

Il se pencha pour l'embrasser à nouveau.

— Ma colombe, vous m'avez sauvé la vie de plus d'une façon, cette nuit-là.

Il la fit pivoter en direction de l'assistance et lui donna une petite tape sur les fesses.

— À présent, allez recevoir les félicitations de vos admirateurs.

Fin

RÉVOLTE CHEZ LE TAILLEUR

Note : cette nouvelle se déroule dans l'univers de l'Affaire Westerfield *et du* Scandale Reddington.

— Kitty, dit Lord Westerfield, les sourcils froncés. Ne venais-je pas de vous interdire d'acheter de nouvelles robes de bal sans m'en demander la permission ?

Il brandissait une facture, sûrement fraîchement arrivée de chez le tailleur.

L'estomac de Kitty se noua. Elle avait passé la semaine à angoisser, après sa rébellion irréfléchie, quand elle lui avait désobéi par pure colère. Elle avait tout de suite réalisé la bêtise de ses actes, mais il était trop tard. Ses côtes se pressèrent contre les baleines de son corset tandis qu'elle gonflait les poumons et soufflait. Les répliques cinglantes qu'elle avait prévu de lui lancer en cet instant s'envolèrent.

— Oh... euh... j'ai dû les commander avant votre interdiction, bafouilla-t-elle.

Il plissa les yeux, lut la date sur la facture puis lui jeta un regard noir.

— Êtes-vous en train de me *mentir* ? demanda-t-il d'un ton incrédule.

Elle grimaça et se secoua pour reprendre ses esprits.

— Oui, je viens de vous mentir, mais je regrette que cela ne soit pas la vérité, admit-elle avec son franc-parler habituel. Je...

Elle pinça les lèvres.

— J'ai commandé ces robes sans votre autorisation, car j'étais en colère contre vous. C'était idiot de ma part.

Harry semblait perplexe.

— En colère ? Pour quelle raison ?

Elle serra les mâchoires, toujours pleine de rage.

— Les *lettres*, siffla-t-elle. Dans votre commode.

L'expression de Harry laissait entendre qu'il avait compris. Une semaine plus tôt, elle avait découvert parmi ses effets une boîte pleine de lettres à l'écriture féminine qui l'appelaient « mon très cher Harry ». Les doigts glacés, elle s'était emparée des missives une à une, retournant chaque page pour examiner ces déclarations d'amour accablantes.

— Harry ? avait-elle demandé d'une voix étranglée. De quoi s'agit-il ?

Occupé à mettre ses boutons de manchettes, il avait levé les yeux et souri, comme si une boîte pleine de lettres écrites par une autre femme était sujet à plaisanterie.

— Ah, elles m'ont été envoyées par Catherine Hart, mon amour d'enfance.

— Qui ?

— Ma première amoureuse. Une fille du village où j'ai grandi.

Les doigts tremblants, elle avait déplié l'une des lettres pour chercher la date. Harry semblait parfaitement serein.

— Correspondez-vous toujours avec elle ?

Il avait lâché un grognement amusé.

— Ne dites pas de sottises. Je suis allé à l'université, et elle a épousé un garçon du village. Je ne l'ai pas vue depuis dix ans, au moins.

— Jetez-les, avait-elle exigé en poussant la boîte entre ses mains.

— Comment ? Non. J'aime avoir ces souvenirs.

Le cœur battant la chamade, elle avait répliqué :

— Dans ce cas, c'est moi qui les jetterai. Vous n'avez aucune raison de les conserver !

— Je souhaite les garder, Kitty. À présent, remettez-les à leur place, avait-il ordonné, la voix et le regard plus fermes.

Elle lui avait rendu son regard, submergée par des vagues de chaleur alternant avec des vagues glacées.

Constatant son insolence, il avait pointé le doigt vers la commode et haussé un sourcil.

— Rangez-les, Kitty.

À présent, il la dévisageait d'un air songeur, ses traits toujours durcis par la colère.

— Allez chercher les lettres, ordonna-t-il.

— Comment ?

Il ne se répéta pas et se contenta de la toiser d'un air qui lui envoya une démangeaison jusque dans la plante des pieds. Elle pivota en faisant voler ses cheveux et obéit, mais d'un pas plein de défi. Lorsqu'elle revint avec les lettres, Harry s'était assis sur le sofa, et il lui fit signe d'approcher. Elle plaça la pile de lettres dans sa main, la peau de son visage tendue par l'émotion. Harry jeta les lettres au feu sans un mot.

Elle se tourna vers la cheminée pour assister à leur destruction, surprise du tour qu'avait pris l'affaire. Le silence s'étira entre eux tandis qu'elle regardait les pages noircir, consciente du regard qui pesait sur elle. Il la tira par le poignet pour l'installer sur ses genoux.

— Kitty, dit-il d'une voix caressante. Je suis navré. Je

n'avais pas l'intention de vous causer de la peine. Je n'ai aimé que vous, je croyais que vous le saviez.

Les yeux de Kitty s'embuèrent, mais sa fierté la poussa à se détourner avec obstination. Il prit son visage et le fit tourner, une note tendre dans le regard.

— J'aurais dû vous autoriser à les jeter. Toutes mes excuses. Elle ne compte pas à mes yeux. Ces lettres ne représentaient qu'un souvenir de jeunesse agréable, mais je comprends désormais pourquoi elles vous ont offensée.

Il lui caressa la lèvre inférieure.

— J'étais terriblement jaloux, lorsque je vous croyais amoureuse de Fenton, ajouta-t-il, faisant référence au frère de sa meilleure amie, avec lequel elle avait œuvré pour faire enrager Harry. J'aurais dû réaliser que vous ressentiez la même chose.

Le menton tremblant, elle baissa la tête pour dissimuler ses émotions, mais il lui souleva le visage à nouveau.

— Vous étiez en colère, alors vous m'avez puni en commandant ces robes ?

Elle crut détecter une note amusée dans son expression.

— Je vous ai désobéi. J'ai conscience que mon derrière en paiera le prix, dit-elle d'un ton ironique.

— Si j'avais su que vous étiez prête à sacrifier vos fesses à cause de ces lettres, je les aurais brûlées quand vous les avez découvertes.

Elle se mit à rougir et marmonna :

— Merci.

Il s'enfonça confortablement dans le sofa, les doigts mêlés autour de la taille de Kitty.

— Comment auriez-vous dû réagir à la place ? lui demanda-t-il.

Elle déglutit et leva les yeux vers lui.

— J'aurais dû vous faire part de ma colère.

Il hocha la tête.

— Vous devez garder à l'esprit que je suis idiot, lorsqu'il s'agit de comprendre les femmes.

Elle hocha la tête. Ils avaient déjà eu cette discussion.

— Comment devrais-je vous punir ?

Elle se mordilla la lèvre. Était-ce une question authentique, ou rhétorique ? Elle jeta un regard discret à son beau visage. Il semblait attendre une réponse.

— Avec une toute petite fessée de rien du tout ? suggéra-t-elle.

Les lèvres de Harry frémirent, mais il secoua la tête.

— Je ne crois pas, chaton. Pas une petite fessée de rien du tout. Vous m'avez désobéi et menti. C'est surtout le mensonge qui m'a offensé.

Elle secoua la tête.

— C'était sot de ma part. Je m'en excuse.

Il acquiesça.

— Si vous n'aviez pas avoué aussitôt, je vous aurais fouettée avec une badine, dit-il, mentionnant l'instrument qui la terrifiait par-dessus tout. Mais je crois que je vous donnerai une fessée pour le mensonge, et une fessée pour les robes.

Elle frémit.

— Venez, allons dans la chambre.

Il l'aida à se lever et glissa un bras autour de sa taille pour la mener hors du bureau, comme s'il réalisait qu'elle avait les jambes en coton.

— Ne vous évanouissez pas maintenant, murmura-t-il à son oreille.

Lorsqu'ils atteignirent la chambre, il la fit pivoter et dégrafa sa robe ainsi que son corset.

— Déshabillez-vous et penchez-vous sur le côté du lit, ordonna-t-il avant de quitter la pièce.

L'air dans la pièce semblait être sorti avec Harry. Kitty se tenait dans cet espace vide, regrettant son absence malgré sa peur grandissante à l'idée de recevoir les deux fessées qu'il lui avait promises. Avec effort, elle obligea son corps figé à se mettre en mouvement et se déshabilla avant de prendre la position indiquée, grimaçant face à sa vulnérabilité, ses fesses nues tournées vers la porte de façon à ce que n'importe qui puisse les voir lorsque son époux entrerait.

* * *

Harry alla chercher une grande cuillère en bois dans la cuisine, ce qui lui valut un regard surpris de la part de la cuisinière et de la bonne. Il ouvrit la porte de la chambre et retint son souffle en voyant sa femme prostrée sur le lit, dans une position qui lui donnait le tournis. C'était une scène similaire qui l'avait poussé à la prendre avant leur mariage, ajoutant au scandale qu'avaient causé leurs fiançailles.

Sa Lady Westerfield était exaspérante, agaçante et absolument adorable. Il l'aimait de tout son cœur et regrettait de l'avoir blessée par ses actes. Il ne pouvait pas laisser passer sa mauvaise conduite, cependant. Il ferma la porte et se plaça derrière elle pour promener la main sur la peau soyeuse de ses fesses.

— Combien de coups, Kitty ?

— Dix ? suggéra-t-elle avec optimisme.

Il rit.

— Je ne pense pas. Disons cinquante pour le mensonge, et nous nous occuperons du reste lorsque les robes arriveront. Vous pourrez les mettre et me faire un défilé. Savez-vous ce que l'on fait aux chevaux pour qu'ils défilent avec plus d'élégance ?

Kitty se tourna pour le regarder par-dessus son épaule, les sourcils froncés.

— Non.

— On insère un morceau de gingembre dans leur rectum. Figging, c'est le terme. Cela les fait marcher d'un pas vif. J'imagine que l'expérience doit être mémorable.

— H... Harry, gémit Kitty.

Elle enfouit le visage dans la courtepointe et serra les fesses. Il étouffa un rire et lui donna une claque sur les fesses, le son résonnant à travers la pièce tandis que son corps absorbait l'impact. Il lui asséna plusieurs tapes supplémentaires du plat de la main avant de passer à la cuillère, qu'il abattit d'un geste vif, sa petite surface l'obligeant à porter chaque coup juste à côté du précédent pour couvrir la partie basse de ses fesses.

— Aïe ! Harry ! protesta-t-elle.

Après une vingtaine de coups, Kitty tendit les bras en arrière pour couvrir sa chair rose, contraignant Harry à s'interrompre pour ne pas lui taper sur les doigts. Il frappa plutôt l'arrière de ses cuisses, ce qui lui valut un cri outré.

— Kitty, allez au coin.

Elle se releva maladroitement, le visage plein de remords.

— Je suis désolée, dit-elle d'un ton implorant.

Elle alla aussitôt se placer face à un angle de la pièce, son derrière endolori couvert des marques de sa correction.

— Je serai sage, c'est promis. Je ne me couvrirai plus.

Il sourit et dut se faire violence pour ne pas se laisser amadouer. Après l'avoir fait attendre de longues minutes, il alla se placer derrière elle.

— Petite sotte, murmura-t-il en l'enlaçant.

Il dut prendre sur lui pour ne pas explorer ses seins nus ou caresser sa peau soyeuse, mais la punition n'était pas terminée.

— Allez vous mettre à quatre pattes, en appui sur les avant-bras, dit-il en la guidant vers le lit.

Il savoura le rougissement qui gagna son visage. Elle

obéit, levant les fesses dans cette position humiliante, les genoux écartés pour révéler le cœur rose de son sexe. Il ferma les paupières afin de tenir le cap et se remit à lui donner des coups de cuillère sur les fesses, derrière les cuisses, puis même sur la chair tendre entre ses jambes. Elle glapit et gémit, mais tenant parole, elle accepta les coups bien sagement.

Lorsque les cinquante coups eurent été dûment appliqués, il la laissa dans cette position encore quelques minutes afin qu'elle se sente humiliée et qu'elle craigne une correction supplémentaire. Quand il lui toucha le dos, elle sursauta. Il la tira vers lui et ôta ses chaussures pour s'allonger contre elle.

Elle prit l'une de ses mains et la plaça sur ses seins.

— Votre épouse désobéissante est terriblement navrée, dit-elle d'une voix rauque.

Il rit et pinça son téton.

Elle roula vers lui.

— Dites-moi que vous m'aimez toujours.

— Bien sûr que je vous aime toujours, murmura-t-il. Je suis désolé de vous avoir blessée avec ces lettres. C'est juste que... je ne comprenais pas ce qu'elles représentaient pour vous.

Les larmes qu'elle n'avait pas versées durant sa fessée lui montèrent aux yeux. Le fait qu'elle pleure à cause de ses excuses et non à cause de sa fessée lui serra le cœur.

— Ne pleurez pas, je vous en prie. Cela me chagrine.

— Je ne peux pas m'en empêcher, renifla-t-elle, ses larmes roulant en diagonale sur ses joues.

— Très bien, très bien, pleurez, chaton. Évacuez tout.

Il lui caressa les cheveux et les bras, puis la serra contre lui jusqu'à ce qu'elle se mette à presser son bassin contre le sien d'une façon qui n'avait rien de triste.

Il enfouit le nez dans son cou et elle recula pour le regarder, les cils mouillés, mais les yeux avides. Il saisit ses fesses échauffées par sa punition.

— Ça, c'est le derrière d'une épouse très vilaine. Savez-vous ce qui arrive aux femmes désobéissantes avec des fesses endolories ?

Elle gloussa.

— Non.

— Ceci, gronda-t-il.

Il pétrit sans ménagement sa chair meurtrie et roula sur elle, plaquant sa bouche à la sienne dans la promesse d'un baiser passionné.

L'arrivée de trois belles robes de bal aurait dû la réjouir, mais au regard des circonstances, Kitty gémit.

— Portez-les à l'étage et rangez-les dans ma malle, ordonna-t-elle à sa femme de chambre.

— Ne souhaitez-vous pas les essayer d'abord ? demanda cette dernière avec surprise.

Kitty regarda par-dessus son épaule, en direction du bureau où son époux était en train de lire, espérant qu'il n'avait rien entendu, mais elle s'aperçut qu'il était debout sur le seuil, un sourire satisfait au visage. Son cœur fit un bond.

— Pas pour l'instant, merci, dit Kitty à la hâte.

— Laissez les robes sur le lit, lança Harry à la femme de chambre avant de contempler sa femme, les paupières mi-closes. Je suis impatient de vous voir les essayer.

Elle serra les fesses en se remémorant ce qu'il avait en tête.

— J'espérais que vous auriez oublié. Vous m'avez forcément pardonné, depuis ?

Il la rejoignit et l'enlaça pour effleurer son cou d'un baiser.

— Absolument, ma chérie. Mais cela ne m'empêchera pas de vous donner la punition que je vous ai promise.

Le simple mot de punition faisait battre la chamade à son cœur. Elle fit claquer ses lèvres, nerveuse.

— Quand ? Aujourd'hui ?

Il eut un large sourire, ravi de la voir dans tous ses états.

— Immédiatement. Dès que j'aurai fait un passage en cuisine.

Elle leva le menton, réalisant qu'elle n'avait d'autre choix que d'accepter son sort.

— Très bien. Je vous attendrai en haut.

Cela serait peut-être moins terrible que cela en avait l'air. Mais elle se surprit à monter les marches d'un pas lourd. Elle ne pouvait pas croire qu'il lui enfoncerait un morceau de gingembre entre les fesses, comme un cheval !

Sa femme de chambre l'attendait, les robes étendues sur le lit. L'une d'entre elles était bleu marine, une autre bordeaux. La dernière était vert foncé. Elle avait donné des instructions précises au couturier, et le résultat était parfait.

— Voulez-vous que je vous aide à ôter votre robe, Madame la Comtesse ?

Kitty soupira et lui présenta son dos.

— Oui, je vous remercie.

Une fois débarrassée de sa robe, elle dit à sa femme de chambre que son époux l'aiderait avec le reste. Heureusement, il ne s'agissait pas d'une déclaration étrange, car il était bien connu que Harry préférait la déshabiller et l'habiller lui-même. Elle sourit en songeant à son air sombre et concentré et à sa révérence lorsqu'il la déshabillait, comme si délacer son corset était un privilège qu'il se devait de savourer. Oui, il lui arrivait de la punir, mais il le faisait avec cette même passion, et il la traitait toujours avec une grande tendresse, ensuite.

Il attendait cette correction avec impatience, et lorsqu'elle montait l'escalier, Kitty s'en était agacée, mais à présent, cela l'attendrissait. Si cette perspective faisait pétiller les yeux de son époux, ce ne pourrait pas être si terrible. Elle se regarda dans la glace et ôta les épingles de ses cheveux, frottant ses lèvres l'une contre l'autre pour faire ressortir leur couleur naturelle. Elle n'enleva pas son corset puisqu'il serait nécessaire à ses essayages, mais elle se débarrassa de ses dessous, ne laissant que ses bas et ses porte-jarretelles sous sa taille. Puis elle se coucha sur le lit, parmi les robes, et patienta.

Harry ouvrit la porte et l'admira d'un air appréciateur. Ses yeux s'étaient assombris, et elle vit la bosse dans son pantalon.

— Voilà mon chaton, susurra-t-il.

Il se dirigea droit vers elle, puis se pencha sur le lit pour l'embrasser sur la bouche tandis que sa main plongeait sous son corset pour trouver ses seins. Il fit soudain un pas en arrière et se secoua, comme s'il ne voulait pas se laisser distraire. Il empila les robes pour se faire de la place et s'assit, se tapant sur les genoux. Elle rampa sagement jusqu'à lui.

La paume de Harry s'abattit bruyamment sur ses fesses, et elle sursauta. Les coups continuèrent de pleuvoir.

Quand il lui frappa l'arrière de la cuisse, elle protesta :

— Harry ! Ce n'est pas juste !

Il rit doucement.

— C'est vrai, chaton, mais je n'ai pas pu m'en empêcher. En plus, cela vous est sûrement plus agréable que ce qui va suivre.

Elle serra les fesses si fort que ses jambes se soulevèrent. Il pinça sa chair.

— Attention, si vous continuez, je vous fesserai avec une chaussure. Détendez-moi cela.

Il secoua la chair pincée et elle se détendit lentement.

— Voilà, l'encouragea-t-il chaleureusement.

Il se mit à pétrir ses fesses, étendant le fourmillement créé par sa fessée à son centre. Elle écarta légèrement les cuisses dans l'espoir qu'il la récompense. Au lieu de cela, il lui écarta les fesses. Elle sursauta et se crispa de nouveau, mais il lui asséna une claque entre les jambes.

— Oooh !

Avant qu'elle puisse se reprendre, il pressa un objet dur et froid contre son anus. Elle se figea et tendit l'oreille.

— Détendez-vous et ouvrez-vous pour moi, ordonna Harry.

Elle se contracta de plus belle, mais il appuyait avec tant d'insistance qu'elle finit par devoir se détendre pour éviter d'avoir mal. Dès que l'objet fut en place, elle se sentit mieux, comme lorsqu'il y insérait le doigt et que la peur cédait la place à la satisfaction. Elle se sentait à la fois trop pleine et trop excitée. Elle ressentait une légère brûlure autour de l'anus, là où le gingembre rencontrait sa chair, mais elle n'était pas gênante. Si c'était là son châtiment, il n'était pas si terrible. Tout de même, pour que Harry ne se rende pas compte que sa punition avait échoué, elle poussa quelques plaintes supplémentaires et se tortilla sur ses genoux, savourant la bosse de son membre sous son corps.

— Cela met un peu de temps à agir, dit-il, douchant les espoirs de Kitty. Alors en attendant, je pense que je vais continuer à vous fesser.

Elle agita les jambes.

— Non ! Monsieur le Comte, je n'ai pas besoin d'être fessée !

Puis elle donna à sa voix un timbre plus langoureux :

— Peut-être pourriez-vous trouver une *autre* idée ?

Elle écarta encore plus les jambes sur ses genoux, et lui la récompensa d'une tape en plein sur son sexe, qui était devenu moite à cause de la stimulation du gingembre.

— Ah, je crois que cela vous plaît, commenta-t-il en la frappant au même endroit.

— Pourquoi dites-vous cela ? répliqua-t-elle d'un ton sec.

Mais son corps l'avait déjà trahie. Non seulement elle n'avait pas fermé les cuisses, mais elle se cambrait contre lui, comme pour le supplier de continuer à la toucher, même avec des claques. Il ne se fit pas prier, et lui asséna plusieurs tapes supplémentaires qui firent vibrer le gingembre et amplifièrent la brûlure, ainsi que l'excitation de Kitty.

— Harry ! s'exclama-t-elle.

* * *

Harry caressa les superbes fesses de son épouse, laissant sa main parcourir l'arrière de ses cuisses avant de remonter.

— Oui, chaton ?

Elle ne répondit rien, mais il voyait bien qu'elle était de plus en plus excitée, peut-être car la brûlure du gingembre augmentait. Les garçons d'écurie lui avaient dit que sur les chevaux, le résultat était optimal une demi-heure après l'insertion. Il ignorait s'il en était de même chez les humains, mais l'idée de la garder sur ses genoux pendant trente minutes était séduisante.

Il autorisa ses doigts à glisser entre ses cuisses et il ne fut pas surpris de trouver ses replis gonflés et mouillés. Elle gémit et se pressa contre sa main avec enthousiasme. Il rit et lui donna une nouvelle petite tape, conscient qu'elle cherchait déjà la jouissance, compte tenu de la façon dont elle avait prononcé son prénom. Mais il comptait la faire languir. Cela ne l'empêchait cependant pas de la stimuler. Il glissa de nouveau les doigts entre ses jambes pour faire le tour de son bouton sensible et étaler ses fluides. Elle se trémoussa contre son membre dressé de désir. Il inséra deux doigts en elle et fit quelques va-et-vient avant de se retirer pleinement, provoquant un grognement de protestation. Ses empreintes sur les fesses de Kitty s'étaient déjà dissipées, aussi se mit-il en tête d'en laisser de nouvelles, tout en faisant bouger le morceau de gingembre avec son autre main.

De plus en plus agitée, elle ne protesta même pas lorsqu'il lui frappa l'arrière des cuisses, chose qu'elle détestait. Elle agrippa les draps, s'y frotta le visage comme un chat ayant humé de la cataire. Il dut faire l'effort de maîtriser sa respiration, tant son désir était grand d'oublier le reste de la punition pour passer directement à la récompense. Prenant sur lui, il mit fin à sa fessée, enfonça davantage le gingembre entre les fesses de Kitty, et lui ordonna de se lever.

Elle mit un long moment à obéir, et à la façon dont elle tremblait, il comprit qu'elle avait la tête ailleurs. Une fine couche de sueur couvrait le creux de ses reins tandis que le gingembre l'enflammait de l'intérieur.

Grâce à Harry, elle parvint à se mettre debout, le visage rouge, les yeux brillants et comme fous.

— Je suis prêt pour le défilé, à présent.

Elle le dévisagea comme si ses mots mettaient une éternité à atteindre son cerveau, mais elle finit par lui faire la révérence, bredouillant un « bien, Monsieur le Comte » avant de se balancer d'un pied sur l'autre, visiblement peu à son aise. D'un pas raide, elle alla chercher l'une des robes, taillée dans un charmant satin vert foncé. Elle la passa sur sa tête et se dirigea vers Harry pour qu'il l'aide avec les boutons. Elle remuait de plus en plus, et son souffle n'était que halètements et sifflements. Une fois la robe attachée, il lui donna une claque sur la croupe, conscient que cela amplifierait l'effet du gingembre. Kitty poussa un petit cri et sursauta comme une jument fougueuse. Il sourit.

— À présent, caracolez, chaton.

— Caracoler ? répéta-t-elle d'un air dubitatif, son joli décolleté scintillant de sueur.

Il lui donna une autre claque sur les fesses, et elle sembla comprendre ce qu'il attendait d'elle, car elle s'éloigna hâtivement et se mit à défiler dans la pièce comme un poney de concours.

— Charmant, charmant, ma chérie. J'aime beaucoup cette robe. Vous m'en montrez une autre ?

Elle poussa un petit gémissement, mais approcha d'un pas traînant avant de lui tourner le dos pour qu'il déboutonne sa robe. Il l'aida à enfiler la deuxième toilette, puis la troisième, l'admirant pendant qu'elle faisait le tour de la pièce, si agitée qu'elle semblait presque ivre. Quand le moment fut venu d'ôter la troisième robe, elle lui tomba dans les bras.

— Oh, Harry, gémit-elle, la note langoureuse dans sa voix le rendant fou. J'ai besoin de vous, Harry.

Malheureusement pour la robe neuve, il perdit la tête et en fit sauter tous les boutons. Ils tombèrent à ses pieds dans une cascade bondissante, avant d'être piétinés lorsqu'il fit pivoter Kitty pour la coucher sur le lit.

— Je vous en prie, Harry.

Elle glissa une main entre ses cuisses et caressa frénétiquement son sexe trempé tandis qu'il libérait son membre de son pantalon.

— Ça brûle, gémit-elle. J'ai tant envie de vous.

Il la pénétra sans hésiter un instant, satisfait de se retrouver enfin dans son fourreau chaud et gonflé.

— Oui, Harry ! haleta-t-elle.

Les doigts toujours entre les jambes, elle caressa fiévreusement son bouton de plaisir, puis la base de son membre, créant une sensation d'enserrement inédite à chacun de ses coups de reins.

Compte tenu du niveau d'excitation de Kitty, Harry savait qu'il ne tiendrait pas longtemps. Il s'enfonça brutalement en elle, frappant contre le morceau de gingembre, l'enfonçant dans son entrée de derrière tout comme il s'enfonçait dans son sexe pulpeux.

— Harry... Harry... Harry... *oui* !

Elle se cambra sous son corps, et ses jambes lâchèrent sous l'orgasme. Incapable d'attendre plus longtemps, rendu fou par les muscles qui se contractaient sur son membre, il se répandit en elle dans un cri d'extase.

Lorsque leurs frissons se calmèrent enfin, il se retira et fit rouler Kitty sur le dos. Elle était étendue comme une poupée de chiffon, les bras dans des angles étonnants, les cheveux en éventail autour de sa tête. Ses paupières étaient mi-closes de satisfaction.

Il se laissa tomber à ses côtés et enfouit le visage dans ses mèches soyeuses.

— Mon petit chaton adoré, murmura-t-il. Vous m'avez offert une parade spectaculaire.

Fin

L'INCIDENT DARLINGTON

Le message était bref : *Retrouvez-moi devant le corps de garde du domaine rural des Westerfield à minuit durant le bal des Ides de Mars. Apportez les vingt-cinq mille en billets contre les plans.*

John Andrews, espion hors pair, a beau ignorer l'identité des complotistes, il est déterminé à les surprendre en pleine trahison. Sous l'identité de Lord Darlington, il se joint à des festivités organisées par les Westerfield. Ingénieux et intelligent, il s'est préparé à tout… sauf à tomber sous le charme de sa principale suspecte, la charmante mais réservée Miss Eliza Hunt.

L'Incident Darlington

LA BRATVA DE CHICAGO

Le Directeur (La Bratva de Chicago, Tome 1)
PERSONNE NE PREND CE QUI M'APPARTIENT
Cette jolie avocate m'a caché son secret.

Un bébé qu'elle porte depuis le soir de la Saint-Valentin.

Le soir où le sort a décidé de nous unir.

Elle ne m'a jamais contacté. Elle voulait m'empêcher d'apprendre la vérité.

Elle va découvrir ce qui se passe quand on contrarie un boss de la bratva.

Une punition est nécessaire. Une séquestration en attendant la naissance.

Et je mettrai ce temps à profit pour la séduire.

Parce que je n'ai pas seulement l'intention de garder le bébé...

Je compte épouser sa mère.

Et pour notre bien à tous les deux, mieux vaudrait qu'elle soit partante.

Le Directeur

Abonnez-vous à la newsletter de Renee

Abonnez-vous à la newsletter de Renee pour recevoir livre gratuit, des scènes bonus gratuites et pour être averti·e de ses nouvelles parutions !

OUVRAGES DE RENEE ROSE
PARUS EN FRANÇAIS

www.reneeroseromance.com/francaise/

La Bratva de Chicago
Prélude
Le Directeur
Le Stratège
Possédée
L'Homme de Main
Le Soldat
Le Hacker
Le Bookmaker
Le Nettoyeur
Le Coureur
Le Gardien

Les Nuits de Vegas
Roi de carreau
Atout cœur
Valet de pique
As de cœur

Joker Mortel
Dame de trèfle
Cartes sur Table
Bonne pioche

Alpha des montagnes
Le héros
Rebel
Le guerrier

Série Chicago Sin
Nid de Péché
Ancré dans le Péché

Série Made Men
Ne m'Aguiche Pas
Ne me Tente Pas
Ne m'Oblige Pas

Dompte-Moi
Son Maître Royal
Oui, Docteur
Son Maître Russe
Son Maître Marine
Soumise à leur Punition
Son Maître Pompier
Son Maître Cuistot

Les Rois des Yachts
Vengeance

Régence
L'Affaire Westerfield
Le Scandale Reddington

L'Incident Darlington

Alpha Bad Boys
La Tentation de l'Alpha
Le Danger de l'Alpha
Le Trophée de l'Alpha
Le Défi de l'Alpha
L'Obsession de l'Alpha
L'Amour dans l'ascenseur (Histoire bonus de La Tentation de l'Alpha)
Le Désir de l'Alpha
La Guerre de l'Alpha
La Mission de l'Alpha
Le Fleau de l'Alpha
Le Secret de l'Alpha
La Proie de l'Alpha
Le Sang de l'Alpha
Le Soleil de l'Alpha
La Lune de l'Alpha
La Serment de l'Alpha
La Vengeance de l'Alpha
Le Feu de l'Alpha
Le Secours de l'Alpha
L'Ordre de l'Alpha

Les Loups-Garous de Wall Street
Grand Méchant Patron: Minuit
Grand Méchant Patron: Folie Lunaire
Grand Méchant Patron: Marquée
Grand Méchant Patron : Accouplés

Les Ours Bad Boys
La Revendication de l'Alpha

Lycée Wolf Ridge
Brute Alpha
Chevalier Alpha
Alpha par Alliance
Le Roi Alpha
L'Alpha interdit

Le Ranch des Loups
Brut
Fauve
Féral
Sauvage
Féroce
Impitoyable
Bestial
Implacable

Deux Marques
Indomptée (libre)
Tentée
Désirée
Séduite

Les Dominateurs Alpha
La Faim de l'Alpha
La Punition de l'Alpha
La Promesse de l'Alpha
La Protection de l'Alpha

Maîtres Zandiens
Son Esclave Humaine
Sa Prisonnière Humaine
Le Dressage de Son Humaine
Sa Rebelle Humaine

À PROPOS DE RENEE ROSE

RENEE ROSE, AUTEURE DE BEST-SELLERS D'APRÈS USA TODAY, adore les héros alpha dominants qui ne mâchent pas leurs mots ! Elle a vendu plus d'un million d'exemplaires de romans d'amour torrides, plus ou moins coquins (surtout plus). Ses livres ont figuré dans les catégories « Happily Ever After » et « Popsugar » de USA Today. Nommée *Meilleur nouvel auteur érotique* par Eroticon USA en 2013, elle a aussi remporté le prix d'*Auteur favori de science-fiction et d'anthologie* de Spunky and Sassy, e celui de *Meilleur roman historique* de The Romance Reviews. Elle a fait partie de la liste des meilleures ventes de USA Today sept fois avec ses livres Wolf Ranch et plusieurs anthologies.

Abonnez-vous à la newsletter de Renee pour recevoir des scènes bonus gratuites et pour être averti·e de ses nouvelles parutions!
https://www.subscribepage.com/reneerosefr